Kleine Erzähler-Bibliothek

Edgar Allan Poe · Nach einer Bleistiftzeichnung von Flavius J. Fischer

Edgar Allan Poe

Die Maske des Roten Todes

Erzählungen

neu übersetzt von
Kay Borowsky

Martus Verlag München

Die Übersetzung folgt der Ausgabe:
Edgar Allan Poe. Selected and edited with an introduction and notes by Philip Van Doren Stern. New York, The Viking Press, 1960.

Gesetzt aus der Bembo Antiqua
Satz, Druck, Bindung: Kösel Kempten
Printed in Germany
ISBN 3-928606-16-6

Inhalt

Das Manuskript in der Flasche

Qui n' a plus qu' un moment à vivre,
N' a plus rien à dissimuler.

Quinault, »Atys«

Von meiner Heimat und meiner Familie weiß ich wenig zu sagen. Schlechte Behandlung und jahrelange Trennung haben mich aus der einen vertrieben und der andern entfremdet. Ererbter Reichtum gestattete mir eine ungewöhnliche Bildung, und mein zur Nachdenklichkeit neigendes Naturell setzte mich in den Stand, die Schätze des Wissens, die ich von Jugend an durch fleißiges Lernen aufgehäuft hatte, in eine methodische Ordnung zu bringen. – Mehr als alles andere vergnügte mich das Studium der deutschen Moralisten; nicht, weil ich so schlecht beraten gewesen wäre, ihre beredte Verrücktheit zu bewundern, sondern wegen des Genusses, den ich empfand, wenn ich kraft meines streng folgerichtigen Denkens ihre Irrtümer problemlos aufdeckte. Man hat mir häufig die Trokkenheit meines Geistes vorgeworfen, Mangel an Einbildungskraft wurde mir als eine Art Verbrechen angekreidet, und der Skeptizismus meiner Überzeugungen hat immer wieder Anstoß erregt.

In der Tat hat, so befürchte ich, eine starke Vorliebe für die Naturwissenschaften meinen Geist mit einem für unser Zeitalter typischen Irrtum angekränkelt – ich meine die Gepflogenheit, Ereignisse auch dann noch mit den Prinzipien dieser Wissenschaft in Verbindung zu bringen, wenn sie mit ihr überhaupt nichts zu tun haben. Im großen und ganzen war kaum jemand weniger in Gefahr, sich durch die Irrlichter des Aberglaubens aus dem strengen Bereich der Wahrheit fortführen zu lassen. Ich halte es für angebracht, dieses vorauszuschikken, damit die unglaubliche Geschichte, die ich zu erzählen habe, weniger als die Ausgeburt einer ungezügelten Einbildungskraft erscheint, sondern vielmehr als die sichere Erfahrung eines Menschen, für den die Träumereien der Phantasie immer ohne Bedeutung gewesen sind.

Nachdem ich mehrere Jahre in fremden Ländern umhergereist war, schiffte ich mich im Jahre 18.. im Hafen von Batavia, auf der von der Natur gesegneten und volkreichen Insel Java, zu dem Archipel der Sundainseln ein. Ich fuhr als Passagier, ohne einen anderen Beweggrund als den einer Art nervöser Rastlosigkeit, von der ich besessen war wie von einem bösen Geist.

Unser Fahrzeug war ein schönes kupferbeschlagenes Schiff von ungefähr vierhundert Tonnen, aus malabarischem Teakholz in Bombay gebaut. Es hatte Baumwolle und Öl von den Lakkadiven geladen. Wir hatten auch Kokosbast, groben indischen

Zucker, Butter aus Büffelmilch, Kokosnüsse sowie ein paar Kisten Opium an Bord. Die Ladung war unsachgemäß gestaut, wodurch das Fahrzeug leicht kentern konnte.

Unter einem sanften Windhauch liefen wir aus und segelten viele Tage an der Ostküste Javas entlang, und das einzige Ereignis, das Abwechslung in die Monotonie unserer Fahrt brachte, war die gelegentliche Begegnung mit einigen der kleinen Zweimaster aus dem Archipel, der unser Ziel war.

Eines Abends, an die Heckreling gelehnt, erblickte ich im Nordwesten eine sehr merkwürdige, einzeln dastehende Wolke. Sie verdiente nicht nur ihrer Farbe wegen Beachtung, sondern auch, weil sie die erste war, die wir seit unserer Abreise aus Batavia zu Gesicht bekamen. Ich beobachtete sie aufmerksam bis zum Sonnenuntergang, als sie sich unvermittelt in östlicher und westlicher Richtung ausbreitete, als schmaler Dunststreif den Horizont umgürtete und wie der lange Strich eines flachen Strandes wirkte. Bald darauf zog das düster-rote Aussehen des Mondes und die sonderbare Beschaffenheit des Meeres erneut meine Aufmerksamkeit auf sich. Die See war einem raschen Wechsel unterworfen, und das Wasser schien durchsichtiger als sonst zu sein. Obwohl ich den Meeresgrund deutlich sehen konnte, zeigte mir doch das ausgeworfene Lot fünfzehn Faden Tiefe an. Die Luft wurde nun unerträglich heiß und war von spiralförmigen Schlieren durchzogen, wie man sie über erhitztem

Eisen aufsteigen sehen kann. Als die Nacht kam, erstarb auch der letzte Hauch, und eine größere Stille war nicht mehr vorstellbar. Eine Kerzenflamme brannte auf dem Heck ohne das geringste Zittern, und an einem zwischen Daumen und Zeigefinger gehaltenen Haar konnte man keinerlei Bewegung feststellen. Da der Kapitän jedoch sagte, er könne kein Anzeichen von Gefahr erkennen und wir merklich zum Ufer abtrieben, gab er die Anordnung, die Segel einzuziehen und Anker zu werfen. Eine Wache wurde nicht aufgestellt, und die Malaien, aus denen die Mannschaft im wesentlichen bestand, streckten sich gemächlich auf Deck aus. Ich ging nach unten – nicht ohne ein starkes Vorgefühl nahenden Unheils. In der Tat schienen alle Anzeichen auf einen Sturm hinzudeuten. Ich teilte dem Kapitän meine Befürchtungen mit, aber er achtete meiner Worte nicht und entließ mich, ohne mich einer Antwort zu würdigen. Meine Unruhe ließ mich jedoch nicht schlafen, und um Mitternacht stieg ich wieder an Deck. – Als ich meinen Fuß auf die letzte Stufe der Kajütentreppe setzte, wurde ich von einem lauten Geräusch erschreckt, wie es bei der raschen Umdrehung eines Mühlrades erzeugt wird, und bevor ich mir über seine Bedeutung klar werden konnte, spürte ich, wie das Schiff bis in sein Innerstes erzitterte. Im nächsten Augenblick schleuderte uns eine rasende Schaumwelle auf die Seite, fegte über das ganze Schiff hinweg und überschwemmte vom Vorder- bis zum Hintersteven das gesamte Deck.

Doch gerade der äußersten Wut dieses Windstoßes verdankte das Schiff großenteils seine Rettung. Obwohl es fast völlig unter Wasser gedrückt worden war, erhob es sich, da die Masten über Bord gegangen waren, nach einer Minute schwerfällig aus der See, schwankte eine Weile unter der ungeheuren Gewalt des Unwetters auf und ab und richtete sich endlich wieder auf.

Durch welches Wunder ich der Vernichtung entging, kann ich unmöglich sagen. Betäubt vom Aufprall des Wassers, fand ich mich, als ich wieder zur Besinnung kam, zwischen Achtersteven und Steuerruder eingeklemmt. Unter großen Schwierigkeiten kam ich wieder auf die Füße, und als ich mich benommen umsah, dachte ich zunächst, wir befänden uns mitten in den Brandungswellen, so schrecklich und jenseits aller Vorstellungskraft war der Wirbel des sich hoch auftürmenden und schäumenden Ozeans, der uns in seinen Schlünden gefangenhielt. Eine Weile danach vernahm ich die Stimme eines alten Schweden, der sich gerade, als wir den Hafen verließen, noch bei uns eingeschifft hatte. Ich schrie aus Leibeskräften nach ihm, und er kam sogleich taumelnd nach achtern. Wir entdeckten bald, daß wir die einzigen Überlebenden des Unglücks waren. Alle an Deck, uns ausgenommen, waren über Bord gefegt worden; der Kapitän und die Maate mußten im Schlaf umgekommen sein, denn die Kabinen standen unter Wasser. Ohne Hilfe konnten wir kaum auf Rettung des Schiffs hoffen, und anfänglich wurden unsere Anstrengungen durch die Erwartung gelähmt, jeden Augenblick unterzugehen. Unser Ankertau war beim ersten Ansturm des Hurricans natürlich wie ein Bindfaden gerissen, was uns aber davor bewahrt hatte, augenblicklich unter den Wassermassen begraben zu werden. Wir lenzten mit furchtbarer Geschwindigkeit vor der See, und wahre Sturzwellen schlugen über uns hinweg. Die hölzernen Aufbauten am Heck waren stark beschädigt worden, und fast in jeder Hinsicht war der Schaden beträchtlich; aber zu unserer übergroßen Freude waren die Pumpen nicht verstopft, und die Ladung hatte sich nur unwesentlich verschoben. Der Sturm hatte sich nun ausgetobt, und von der noch verbliebenen Heftigkeit des Windes drohte uns kaum Gefahr. Allerdings erwarteten wir sein völliges Abflauen mit großer Sorge; hatten wir doch allen Grund zu der Annahme, daß wir angesichts all der Zerstörung in der darauf folgenden Dünung unvermeidlich zugrundegehen würden. Doch diese nur zu berechtigte Befürchtung schien sich nicht so bald bewahrheiten zu wollen. Ganze fünf Tage und Nächte – während derer unsere einzige Nahrung aus einer kleinen Portion Zucker bestand, den wir uns unter großen Schwierigkeiten aus dem Vorderdeck verschafft hatten – flog das Schiff ohne Masten mit einer jeder Berechnung spottenden Geschwindigkeit vor den rasch aufeinander folgenden Windböen dahin, die, ohne dem ersten Ansturm zu gleichen, an Schrecklichkeit doch alles übertrafen, was ich je zuvor an Stürmen erlebt hatte. Die ersten vier Tage war unser Kurs, mit geringfügiger Abweichung, Süd-Südost, wir mußten also an der Küste Neuhollands entlanggerast sein. – Am fünften Tag wurde die Kälte extrem, obwohl der Wind um einen Strich gegen Norden umgesprungen war. Die Sonne erhob sich mit einem kränklich-gelben Glanz und kletterte nur wenige Grade über den Horizont, wobei sie ein recht unbestimmtes Licht entsandte. – Es waren keine Wolken zu sehen, doch der Wind nahm zu und blies mit einer launenhaften, ungleichmäßigen Heftigkeit. Gegen Mittag, soweit wir die Zeit bestimmen konnten, wurde unsere Aufmerksamkeit erneut von dem Erscheinungsbild der Sonnc gefesselt. Sie gab kein Licht im eigentlichen Sinne, sondern ein trübes, armseliges Glühen ohne Widerschein, als ob all ihre Strahlen sich in Nichts aufgelöst hätten. Gerade bevor sie in der aufgewühlten See versank, verlosch plötzlich das Feuer in ihrer Mitte, als hätte eine unerklärliche Gewalt es in aller Eile erstickt. Sie war nur noch ein matter, silberfarbener Reif, als sie in den unergründlichen Ozean hinabstürzte.

Vergebens warteten wir auf den Anbruch des sechsten Tages – des Tages, der für mich bis heute noch nicht angebrochen ist und für den Schweden niemals anbrach. Von nun an waren wir in pechschwarze Finsternis gehüllt, so daß wir einen Gegenstand zwanzig Schritt vom Schiff entfernt nicht mehr hätten sehen können. Ewige Nacht stand um uns, und sie wurde nicht einmal gemildert durch das phosphoreszierende Meeresleuchten, das wir in den Tropen gewohnt gewesen waren. Auch beobachteten wir, daß, obwohl der Sturm mit unverminderter Heftigkeit wütete, die übliche Erscheinung von Gischt oder Schaum, die uns bisher begleitet hatte, nicht mehr auszumachen war. Alles ringsum war Grauen, undurchdringliche Düsternis, eine schwarze Ebenholzwüste von drückender Hitze. – Abergläubischer Schrecken kroch langsam in das Innere des alten Schweden, und meine eigene Seele war in stummes Staunen gehüllt. Sich um das Schiff zu kümmern, war mehr als nutzlos; wir banden uns, so gut es ging, am Stumpf des Besanmastes fest und schauten voller Verzweiflung in die Welt des Meeres hinaus. Wir hatten keine Möglichkeit, die Zeit zu bestimmen, noch konnten wir unsere Lage auch nur im mindesten abschätzen. Doch waren wir uns dessen bewußt, daß wir weiter nach Süden vorgedrungen waren als je ein Seemann zuvor, und es erstaunte uns sehr, daß wir nicht auf die bekannte Eisbarriere gestoßen waren. Unterdessen drohte jeder Augenblick, unser letzter zu sein – jede turmhohe Woge schien uns zu überwältigen. Die Dünung übertraf alles, was ich je für möglich gehalten hatte, und daß wir nicht sofort unter ihr begraben wurden, kann nur als ein Wunder bezeichnet werden. Mein Gefährte sprach von der Leichtigkeit unserer Ladung und erinnerte mich an die ausgezeichneten Eigenschaften unseres Schiffes. Doch schien mir in dieser Situation jede Hoffnung selbst hoffnungslos zu sein und ich bereitete mich in schwermütiger Stimmung auf den Tod vor, von dem mich höchstens noch eine Stunde trennen konnte; denn mit jedem Knoten, den das Schiff zurücklegte, schwollen die riesigen schwarzen Wassermassen immer entsetzlicher an. Mal rangen wir in einer Höhe, höher als die Albatrosse flogen, nach Luft; mal schwanden uns die Sinne bei der rasenden Talfahrt hinab in die Wasserhölle, wo die Luft stillstand und kein Laut den Schlummer der Kraken störte.

Als wir uns wieder einmal auf dem Grund eines solchen Schlundes befanden, schrillte plötzlich ein Schrei meines Gefährten angstvoll durch die Nacht. »Sieh doch! Sieh doch!« schrie er, kreischte er mir ins Ohr, »allmächtiger Gott! Sieh nur, sieh!« Als er so sprach, gewahrte ich das matte, düstere Leuchten eines roten Lichts, das an den Seiten des riesigen Abgrunds, in dem wir lagen, herabströmte und einen wechselnden Schimmer auf unser Deck warf. Als ich meine Augen nach oben richtete, erblickte ich ein Schauspiel, das mir das Blut in den Adern gefrieren ließ. In einer entsetzlichen Höhe direkt über uns und am äußersten Rand des Steilabfalls schwebte ein riesiges, vielleicht viertausend Tonnen großes Schiff. Obwohl es sich auf dem Kamm einer mehr als hundert Mal so großen Welle befand, übertraf seine augenscheinliche Größe die eines jeden Linien- oder Ostindienschiffes. Sein gewaltiger Rumpf war von einem schmutzigen Tiefschwarz, das durch keine der sonst üblichen Schnitzereien aufgelockert wurde. Eine Reihe von Kanonen ragte aus seinen offenen Geschützluken hervor, die mit ihrer polierten Oberfläche das Licht von unzähligen, in der Takelage hin und her schwingenden Gefechtslaternen widerspiegelten. Was uns aber vor allem mit Schrecken und Staunen erfüllte, war die Tatsache, daß es der übernatürlichen See und dem entfesselten Sturm mit allen Segeln trotzte. Als wir es zum ersten Mal erblickt hatten, sah man nur seinen Bug, da es langsam aus dem düsteren schrecklichen Schlund hinter sich emporstieg. Für einen Augenblick unsagbaren Entsetzens hielt es auf dem schwindelerregenden Gipfel inne, als sei es in die Betrachtung seiner eigenen Erhabenheit versunken; dann erbebte es, wankte – und schoß herab.

Ich weiß nicht, was das für eine Selbstbeherrschung war, die sich in diesem Augenblick meines Geistes bemächtigte. Ich taumelte, so weit ich konnte, nach achtern, und erwartete furchtlos den bevorstehenden Untergang. Unser eigenes Gefährt hatte schließlich den Kampf aufgegeben und sank mit dem Bug ins Meer. Der Aufprall der herabstürzenden Masse traf demzufolge den Teil des Schiffskörpers, der schon unter Wasser war, und als unvermeidliche Folge wurde ich mit einer unwiderstehlichen Gewalt in die Takelage des fremden Schiffs geschleudert.

Während ich fiel, führte das Schiff ein Wendemanöver aus, und dem daraus folgenden Durcheinander schrieb ich es zu, daß ich der Aufmerksamkeit der Mannschaft entging. Ohne große Schwierigkeit gelangte ich unbemerkt zur Hauptluke, die halb offen stand, und fand bald eine Gelegenheit, mich im Laderaum zu verbergen. Warum ich das tat, kann ich kaum sagen. Ein unbestimmtes Gefühl des Grauens, das sich meiner beim ersten Blick auf die fremden Seeleute bemächtigt hatte, war vielleicht der Grund, warum ich mich versteckte. Ich war nicht gewillt, mich Menschen anzuvertrauen, die schon dem ersten flüchtigen Blick so viel an Ungewohntem, Unheimlichem und Beunruhigendem boten. Deshalb hielt ich es für angebracht, mir im Laderaum ein Versteck zu schaffen. Dies bewerkstelligte ich dadurch, daß ich einige Bretter, die die Ladung stützten, verschob und so zwischen den gewaltigen Spanten des Schiffes einen geeigneten Zufluchtsort besaß.

Kaum hatte ich mein Werk vollendet, da zwangen mich auch schon Schritte im Laderaum, mein Versteck zu nutzen. Ein Mann ging mit schwankenden und unsicheren Schritten an mir vorbei. Sein Gesicht konnte ich nicht sehen, aber seine allgemeine Erscheinung stand deutlich vor mir. Sie verriet hohes Alter und Gebrechlichkeit. Seine Knie wankten unter der Last seiner Jahre, seine ganze

Gestalt bebte unter dieser Bürde. Leise, gebrochen murmelte er Worte in einer Sprache vor sich hin, die ich nicht verstehen konnte, und stöberte in einer Ecke in einer Ansammlung von seltsam anmutenden Gerätschaften und brüchigen Seekarten herum. Sein Gebaren war eine wilde Mischung aus der Grämlichkeit einer zweiten Kindheit und der feierlichen Würde eines Gottes. Schließlich ging er an Deck, und ich sah ihn nicht wieder.

Ein Gefühl, für das ich keinen Namen habe, hat von meiner Seele Besitz ergriffen, eine Empfindung, die keine Analyse zuläßt, für die die Lehren der Vergangenheit unerheblich sind und für die, so fürchte ich, auch die Zukunft keine Lösung bereithalten wird. Für einen so beschaffenen Geist wie den meinen ist diese Überlegung von Übel. Niemals, das weiß ich, niemals werde ich über die Natur meiner Eindrücke zufriedenstellend Bescheid wissen. Und doch ist es nicht verwunderlich, daß diese Vorstellungen undeutlich bleiben, wenn sie doch von so gänzlich neuartigen Quellen gespeist werden. Einen neuen Sinn – eine neue Wesenheit hat meine Seele hinzugewonnen.

Es ist nun lange her, seit ich zum ersten Mal das Deck dieses schrecklichen Schiffes betrat, und ich glaube, die Strahlen meines Schicksals werden nun in einem Brennpunkt gesammelt. Unbegreifliche Menschen! Versunken in Grübeleien, deren Art ich nicht erahnen kann, gehen sie an mir vorbei, ohne mich zu beachten. Es ist Torheit, daß ich mich verstecke, denn die Leute *wollen mich gar nicht sehen*. Gerade eben ging ich vor den Augen des Steuermanns vorbei, und es ist noch gar nicht lange her, da wagte ich mich in die Kajüte des Kapitäns und nahm dort das Schreibmaterial an mich, mit dem ich eben schreibe und bisher geschrieben habe. Ich werde dieses Tagebuch von Zeit zu Zeit fortführen. Gewiß werde ich kaum die Gelegenheit finden, es der Mitwelt zu übermitteln; trotzdem will ich mir alle Mühe geben. Im letzten Augenblick werde ich das Manuskript in einer Flasche verschließen und sie ins Meer werfen.

Es hat sich etwas ereignet, das mich nachdenklich gemacht hat. Sind solche Dinge das Werk des blinden Zufalls? Ich hatte mich an Deck gewagt und mich, ohne die geringste Aufmerksamkeit hervorzurufen, in der Jolle auf einen Haufen Webeleinen und alter Segel geworfen. Während ich Betrachtungen über die Einzigartigkeit meines Schicksals anstellte, beschmierte ich mit einem Teerpinsel gedankenverloren die Kanten eines sauber gefalteten Beisegels, das in meiner Nähe auf einer Tonne lag. Jetzt ist das Segel über dem Schiff aufgezogen, und die gedankenlosen Pinselstriche bilden das Wort ERKENNTNIS.

In letzter Zeit habe ich viele Betrachtungen über den Bau des Schiffes angestellt. Obwohl es gut armiert ist, scheint es mir kein Kriegsschiff zu sein. Takelage, Bauart und allgemeine Ausrüstung widersprechen einer solchen Annahme. Was es *nicht ist,* das kann ich leicht erkennen – was es *ist,* wird man wohl, so befürchte ich, niemals sagen können. Ich weiß nicht, wie es kommt, aber wenn ich die seltsame Bauart und die eigenartige Form der Spieren betrachte, seine gewaltige Größe und die übermäßige Fläche an Segeln, die strenge Einfachheit seines Bugs und das altertümliche Heck, dann habe ich zuweilen blitzartig das Gefühl, all das sei mir vertraut, und diese vagen Schatten der Erinnerung vermischen sich dann immer mit dem unbestimmten Gedenken an alte Chroniken und an eine längst vergangene Zeit.

Ich habe mir die Spanten des Schiffes genau angesehen. Sie bestehen aus einem Material, das mir unbekannt ist. Das Holz hat eine merkwürdige Eigenschaft, die es mir für diesen Verwendungszweck untauglich erscheinen läßt. Ich meine die extreme *Porosität,* die nichts mit der Wurmstichigkeit, die eine Folge der Fahrten in diesen Gewässern ist, und ebensowenig mit der altersbedingten Fäulnis zu tun hat. Meine Beobachtung mag als verstiegen gelten, aber dieses Holz hätte die typischen Merkmale der Korkeiche, wenn sich diese durch ein künstliches Verfahren dehnen ließe.

Beim nochmaligen Lesen dieses Satzes kommt mir in aller Klarheit der merkwürdige Ausspruch eines alten, wetterharten holländischen Seefahrers in den Sinn. »Das ist genauso sicher«, pflegte er zu sagen, wenn seine Glaubwürdigkeit in Zweifel gezogen wurde, »wie es ein Meer gibt, auf dem das Schiff selber an Umfang zunimmt wie der lebendige Körper des Seemanns.«

Vor einer Stunde etwa faßte ich mir ein Herz und mischte mich in eine Gruppe der Mannschaft. Sie zollten mir keinerlei Aufmerksamkeit, und obgleich ich mitten unter ihnen stand, schienen sie mich überhaupt nicht wahrzunehmen. Wie jener, den ich als ersten im Laderaum gesehen hatte, wiesen sie alle die Anzeichen hohen Alters auf. Ihre Knie zitterten; ihre Rücken waren vor Hinfälligkeit gebeugt; ihre welke Haut flatterte im Wind; ihre zittrigen Stimmen waren leise und gebrochen; in ihren alten Augen schimmerte Tränenflüssigkeit, und ihr graues Haar wehte entsetzlich im Sturm. Um sie her lagen auf dem Deck verstreut mathematische Geräte von wunderlicher und gänzlich veralteter Bauart.

Vor einiger Zeit habe ich das Aufziehen eines Beisegels erwähnt. Seither setzt das Schiff direkt vor dem Wind seinen furchtbaren Südkurs fort; vom Flaggenkopf bis zu den unteren Beisegelspieren hat es jeden Fetzen Leinwand gesetzt und taucht mit der Stange seines Bramsegels immer wieder in die entsetzlichste Wasserhölle, die sich ein menschlicher Geist nur vorstellen kann. Soeben habe ich das Deck verlassen, wo ich unmöglich festen Stand finden konnte, obwohl die Mannschaft kaum Probleme zu haben schien. Das Wunder aller Wunder aber scheint mir zu sein, daß unser Koloß nicht ein für allemal verschluckt wird. Sicher sind wir dazu verurteilt, ständig am Rande der Ewigkeit zu schweben, ohne den letzten Sturz in den Abgrund zu tun. Über Wogen, tausend Mal riesiger, als ich je welche sah, gleiten wir leicht wie die pfeilschnelle Seemöwe dahin; und die ungeheuren Wassermassen erheben ihre Häupter über uns wie Dämonen der Tiefe, aber wie Dämonen, die sich lediglich auf Drohungen beschränken müssen und nicht zerstören dürfen. Ich kann diese immer wiederkehrende Rettung nur der einzigen natürlichen Ursache zuschreiben, die solches zu bewirken vermag. Ich muß annehmen, daß das Schiff unter dem Einfluß irgend einer starken Strömung oder eines heftigen Soges steht.

Ich habe dem Kapitän Auge in Auge gegenübergestanden, und zwar in seiner eigenen Kajüte – aber wie ich es erwartet hatte, schenkte er mir keine Aufmerksamkeit. Obwohl für den flüchtigen Beobachter in seiner Erscheinung nichts erkennbar ist, was ihn für mehr oder für weniger als einen Menschen gelten ließe, mischte sich doch unter die Verwunderung, mit der ich ihn betrachtete, ein Gefühl ununterdrückbarer Ehrfurcht. Seine Größe kommt fast der meinen gleich, das heißt, er mißt etwa fünf Fuß und acht Zoll. Er hat einen kräftigen, gedrungenen Körperbau, ohne deshalb ein Kraftbündel zu sein oder sonstwie aufzufallen. Nein, es ist die Einzigartigkeit des Ausdrucks, der sein Antlitz beherrscht – es ist die eindringliche, die wundervolle, die erregende Wirkung, wie sie von sehr hohem Alter in seiner eindrucksvollen Würde ausgeht, die in meiner Seele ein Gefühl, eine Ahnung von etwas Unaussprechlichem erregt. Seine Stirn, obgleich von nur wenigen Falten durchzogen, scheint von Myriaden von Jahren gezeichnet zu sein. – Seine grauen Haare sind Berichte aus der Vergangenheit, und seine noch graueren Augen Sibyllen der Zukunft. Auf dem Kajütenboden lagen überall verstreut seltsame Folianten mit eisernen Schließen, verrottete wissenschaftliche Instrumente und überholte, längst vergessene Karten. Er stützte sein Haupt in die Hände und brütete mit glühendem, unstetem Blick über einem Dokument, das ich für eine Vollmacht hielt und das jedenfalls die Unterschrift eines Monarchen trug. Wie jener erste Seemann, den ich im Laderaum gesehen hatte, murmelte auch er mit leiser Stimme die verdrossenen Silben einer fremden Sprache vor sich hin, und obwohl der Sprecher fast meine Ellbogen berührte, schien seine Stimme aus einer Meile Entfernung an mein Ohr zu dringen.

Das Schiff und alles darauf atmet den Geist längst vergangener Zeiten. Die Mannschaft gleitet hin und her wie Gespenster begrabener Jahrhunderte; in ihren Blicken liegt der Ausdruck von Unruhe und heftigem Verlangen; und wenn ich im wilden Schein der Gefechtslaternen ihrer Gestalten ansichtig werde, ergreift mich eine Empfindung, wie ich sie nie gehabt habe, obwohl ich mein ganzes Leben mit den Geheimnissen des Altertums beschäftigt war und die Schatten eingestürzter Säulen in Baalbek und Persepolis eingesogen habe, bis meine Seele selbst zur Ruine wurde.

Blicke ich jetzt umher, so schäme ich mich meiner früheren Ängste. Wenn ich schon vor dem Sturm zitterte, der uns bisher begleitet hat, wie muß ich mich erst entsetzen beim zur Zeit tobenden furchtbaren Kampf des Windes mit dem Ozean, angesichts dessen Worte wie »Tornado« oder »Samum« unzulänglich und nichtssagend sind? Überall in der unmittelbaren Nachbarschaft des Schiffes herrscht die Schwärze ewiger Nacht und ein Chaos schaumloser Wassermassen; aber eine Meile von jeder Seite entfernt tauchen undeutlich und unzusammenhängend riesige Eiswälle auf, die sich zum trostlosen Himmel emportürmen und aussehen wie die Wände des Universums.

Wie ich es angenommmen hatte, befindet sich das Schiff in der Gewalt einer Strömung – falls eine solche Bezeichnung auf eine Flut paßt, die heulend und kreischend durch das Eis mit der Geschwindigkeit eines jäh niederstürzenden Wasserfalls südwärts donnert.

Sich von meinem Entsetzen eine Vorstellung machen zu wollen, ist, so denke ich, gänzlich unmöglich; und doch ist die Begierde, die Geheimnisse dieser abscheulichen Gegenden zu ergründen, stärker als meine noch so große Verzweiflung; sie wird mich sogar den gräßlichsten Anblick des Todes ertragen lassen. Es liegt auf der Hand, daß wir irgendeiner unerhörten Erkenntnis entgegeneilen – einem Geheimnis, das niemand mit uns teilen wird und das zu erlangen gleichzeitig Vernichtung bedeutet. Vielleicht führt uns diese Strömung zum Südpol selbst. Unleugbar hat diese scheinbar so verrückte Vermutung alle Wahrscheinlichkeit für sich.

Die Mannschaft geht mit unruhigen, nervösen Schritten auf Deck hin und her; in ihren Mienen liegt jedoch eher ein Ausdruck gieriger Hoffnung als lähmender Verzweiflung.

Der Wind bläst immer noch von achtern, und da wir eine Menge Leinwand gesetzt haben, hebt er das Schiff zuweilen vollständig aus dem Meer heraus. O Schrecken über Schrecken! Das Eis öffnet sich plötzlich zur Rechten und zur Linken, und wir wirbeln schwindelerregend in riesigen konzentrischen Kreisen rund um die Wand eines gigantischen Amphitheaters, dessen oberer Rand sich in ferner Dunkelheit verliert. Aber es wird mir wenig Zeit bleiben, über mein Schicksal nachzusinnen – die Kreise verengen sich rasch – wir stürzen rasend schnell in den Sog des Strudels – und inmitten des Tosens, Brüllens und Donnerns von Ozean und Sturm erbebt das Schiff, o Gott! – und sinkt.

Anmerkung von Poe: Die Erzählung »das Manuskript in der Flasche« wurde im Jahre 1833 zum ersten Mal veröffentlicht, und erst viele Jahre später lernte ich die Landkarten von Mercator kennen, auf denen das Weltmeer so gezeigt wird, als ergieße es sich in vier Mündungen in den Schlund des (Nord-)Pols, um dort von den Eingeweiden der Erde aufgesogen zu werden; der Pol selbst wird durch einen schwarzen Felsen dargestellt, der sich in gewaltige Höhen emportürmt.

Das verräterische Herz

Es ist schon wahr! Nervös war ich damals, furchtbar nervös, und ich bin es noch. Doch warum deshalb gleich behaupten, daß ich wahnsinnig sei? Die Krankheit hatte meine Sinne geschärft – nicht zerstört, nicht verdunkelt. Am schärfsten war mein Gehör ausgeprägt. Ich vernahm alles im Himmel und auf Erden. Und manches vernahm ich auch in der Hölle. Ich und verrückt? Passen Sie auf und hören Sie selbst, wie durch und durch normal – wie ruhig ich Ihnen die ganze Geschichte erzähle.

Wie die Idee zum ersten Mal in mir auftauchte, das kann ich nicht mehr sagen; aber sobald sie geboren war, verfolgte sie mich Tag und Nacht. Ich hatte kein eigentliches Ziel dabei. Auch keine Leidenschaft. Ich mochte den alten Mann. Nie hatte er mir irgendwie geschadet. Nie hatte er mich gekränkt. Nach seinem Gold gelüstete es mich nicht. Ich glaube, es war sein Auge! Ja, das war's! Er hatte das Auge eines Geiers – ein blaßblaues Auge mit einem Häutchen darüber. Wann immer sein Blick auf mich fiel, gerann mir das Blut in den Adern. Und so kam ich allmählich, ganz allmählich zu dem Entschluß, dem alten Mann das Leben zu nehmen und mich so für immer von dem Auge zu befreien.

Das ist der springende Punkt. Sie halten mich für wahnsinnig. Wahnsinnige bringen aber nichts zuwege. Da hätten Sie *mich* dagegen sehen sollen. Sie hätten erleben sollen, wie umsichtig ich zu Werke ging – mit welcher Vorsicht und Berechnung – mit welcher Kunst der Verstellung! Niemals war ich freundlicher zu dem alten Mann als während der gesamten Woche, bevor ich ihn tötete. Jede Nacht, gegen Mitternacht, drückte ich die Klinke seiner Tür nieder und öffnete sie – oh, so behutsam! Und wenn die Öffnung gerade so groß war, daß mein Kopf hindurch paßte, streckte ich eine Laterne hinein, die vollkommen dicht abgeblendet war, so dicht, daß kein Schein nach außen drang, und dann begann ich, meinen Kopf hinterherzuschieben. Oh, Sie hätten bestimmt gelacht, wenn Sie gesehen hätten, wie gewitzt ich das tat. Ich bewegte ihn langsam, sehr, sehr langsam, damit ich den Schlaf des alten Mannes nicht störte. Eine ganze Stunde kostete es mich, bis ich den Kopf so weit durch die Öffnung geschoben hatte, daß ich sehen konnte, wie er auf seinem Bett lag. Ha! – wäre ein Wahnsinniger so umsichtig verfahren? Und wenn dann mein Kopf ganz im Raum war, öffnete ich vorsichtig – oh, so vorsichtig – so vorsichtig (denn die Scharniere quietschten) die Laterne gerade so weit, daß ein einzelner, dünner Strahl auf das Geierauge fiel. Und das tat ich sieben lange Nächte hindurch – immer genau um Mitternacht –, aber jedesmal fand ich das Auge geschlossen. Und so war es unmöglich, das Werk zu verrichten; denn nicht der alte Mann war es ja, der mich quälte, sondern sein böser Blick. Und jeden Morgen, bei Tagesanbruch, trat ich keck in sein Zimmer und sprach ganz munter mit ihm, redete ihn herzlich mit seinem Namen an und erkundigte mich, wie er die Nacht verbracht habe. Sie sehen: Er hätte schon ein sehr scharfsinniger alter Mann sein müssen, um zu vermuten, daß ich ihn jede Nacht, genau um zwölf Uhr, betrachtete, während er schlief.

In der achten Nacht öffnete ich die Tür noch vorsichtiger als gewöhnlich. Der Minutenzeiger einer Uhr bewegt sich schneller, als meine Hand es tat. Nie zuvor hatte ich meine eigene Macht und meinen Scharfsinn so souverän empfunden. In meinem Triumphgefühl konnte ich kaum an mich halten. Allein der Gedanke, daß ich nun dabei war, die Tür ganz allmählich zu öffnen, während er nicht einmal im Traum von meinen geheimen Taten oder Gedanken etwas ahnen konnte! Bei der Vorstellung kicherte ich vergnügt in mich hinein. Und vielleicht hörte er mich; denn plötzlich machte er im Bett eine Bewegung, als sei er durch etwas aufgeschreckt. Nun werden Sie wohl denken, ich hätte mich zurückgezogen – ganz und gar nicht. In seinem Zimmer herrschte völlige Dunkelheit, es war schwarz wie Teer (denn die Läden waren, aus Furcht vor Einbrechern, fest verschlossen worden), und so wußte ich, daß er nicht sehen konnte wie die Tür aufging, und drückte sie deshalb vollkommen ruhig immer weiter auf.

Ich hatte meinen Kopf hineingeschoben und wollte gerade die Laterne öffnen, da stieß mein Daumen an den Blechverschluß, und der alte Mann fuhr im Bett hoch und schrie: »Wer ist da?«

Ich blieb ganz still und sagte nichts. Kurz darauf hörte ich ein leises Stöhnen, und ich wußte: Das war das Stöhnen der Todesangst. Das war keine Äußerung von Schmerz oder Kummer – o nein! –, das war der schwache, erstickte Laut, der aus der Tiefe einer Seele emporsteigt, auf der sich schwer lastend das Grauen türmt. Ich kannte den Laut wohl. In mancher Nacht, gerade um Mitternacht, wenn die ganze Welt schlief, hatte er sich schon meiner eigenen Brust entrungen und die Schrecken, die mich quälten, mit seinem furchtbaren Echo noch vertieft. Ich sagte, ich kannte den Laut gut. Ich wußte, was der alte Mann fühlte, und er tat mir leid, obwohl ich im Innern kicherte. Ich wußte, daß er seit dem ersten Geräusch, mit dem er sich im Bett umgedreht hatte, wach lag. Seine Ängste schlugen immer höher über ihm zusammen. Er hatte versucht, sie als unbegründet abzutun, aber das war ihm nicht gelungen. Er hatte zu sich selbst gesagt: »Es ist nur der Wind im Kamin – es ist nur eine Maus, die über den Fußboden läuft«, oder: »Es ist nur eine Grille, die ein einziges Mal gezirpt hat.« Ja, mit solchen Annahmen hatte er sich Mut machen wollen, aber es war alles vergebens gewesen. *Alles vergebens;* denn als der Tod sich ihm näherte, war sein schwarzer Schatten ihm leise vorausgeschlichen und hatte das Opfer bereits eingehüllt. Und eben diese unheilvolle Wirkung des unsichtbaren Schattens war es, der ihn – obzwar er weder etwas sah noch hörte – die Anwesenheit meines Kopfes im Raum *fühlen* ließ.

Nachdem ich lange Zeit sehr geduldig gewartet hatte, ohne zu hören, daß er sich wieder niedergelegt hätte, beschloß ich, einen kleinen, einen sehr, sehr kleinen Spalt in der Laterne zu öffnen. Sie können sich nicht vorstellen, wie heimlich ich das tat, wie unendlich behutsam – bis schließlich ein einzelner, trüber Strahl wie der Faden einer Spinne aus dem Spalt hervorschoß und voll auf das Geierauge fiel.

Es war offen – weit, weit offen –, und ich wurde rasend, als ich darauf starrte. Ich sah es mit vollkommener Deutlichkeit – ein einziges mattes Blau mit dem gräßlichen Häutchen darüber, dessen Anblick mir bis ins Mark ging. Sonst konnte ich von dem Gesicht oder der Gestalt des alten Mannes nichts sehen, denn wie von einem Instinkt geleitet, hatte ich den Strahl direkt auf die verfluchte Stelle gerichtet.

Habe ich Ihnen nicht gesagt, daß das, was Sie fälschlicherweise für Wahnsinn halten, nichts anderes ist als eine Überschärfe der Sinne? Und nun, hören Sie, drang ein leiser, dumpfer, rascher Laut an mein Ohr, wie von einer in Watte verpackten Uhr. Auch *dieses* Geräusch kannte ich gut. Es war das Herzklopfen des alten Mannes. Es steigerte meine Wut, wie das Schlagen einer Trommel den Mut des Soldaten anspornt.

Aber selbst jetzt bezähmte ich mich und blieb still. Ich atmete kaum. Ich hielt die Laterne ohne Bewegung. Ich probierte, wie beständig ich den Strahl auf das Auge gerichtet halten könne. In der Zwischenzeit schwoll das höllische Klopfen des Herzens an. Mit jedem Augenblick wurde es rascher und rascher, lauter und lauter. Das Entsetzen des alten Mannes muß maßlos gewesen sein! Es wurde lauter, sage ich, lauter und lauter! – hören Sie auch gut zu? Ich habe Ihnen gesagt, daß meine Nerven reizbar sind: Ja, das sind sie. Und nun, zu dieser tiefen Mitternachtsstunde, mitten in dem lastenden Schweigen dieses alten Hauses, stürzte mich dieser seltsame Laut in ein wildes Entsetzen. Noch zügelte ich mich für ein paar Minuten und stand still. Doch das Klopfen wurde lauter, immer lauter! Mir war, als müsse ihm das Herz zerspringen. Und nun wurde ich von einer neuen Furcht gepackt – daß nämlich ein Nachbar das Geräusch hören könnte! Die Stunde des alten Mannes war gekommen! Mit einem gellenden Schrei riß ich die Laterne auf und sprang ins Zimmer. Er kreischte auf – ein einziges Mal nur. Im Nu hatte ich ihn zu Boden gerissen und zog das schwere Deckbett über ihn. Dann lächelte ich zufrieden: So weit war die Tat vollbracht. Aber lange

Minuten hindurch schlug das Herz mit einem gedämpften Klang weiter. Doch das irritierte mich nicht, denn durch die Wand würde man ihn nicht hören. Schließlich verstummte es. Der alte Mann war tot. Ich zog die Decke von ihm fort und untersuchte den Leichnam. Ja, er war tot, mausetot. Ich legte meine Hand auf sein Herz und ließ es minutenlang dort ruhen. Es schlug nicht mehr. Er war tot wie ein Stein. Sein Auge würde mich nie mehr peinigen.

Wenn Sie mich immer noch für wahnsinnig halten, werden Sie es nicht mehr tun, wenn ich Ihnen beschreibe, wie klug ich die Leiche verschwinden ließ. Die Nacht ging zuende, und ich arbeitete hastig, doch in völliger Stille. Zuerst zerlegte ich den Leichnam. Ich trennte den Kopf ab, dann die Arme und die Beine.

Ich hob drei Bohlen aus dem Zimmerboden und legte alles zwischen die Balken. Hierauf tat ich die Bohlen so geschickt und schlau wieder an ihren Platz, daß kein menschliches Auge – nicht einmal das *seinige* – etwas Verdächtiges hätte bemerken können. Nichts mußte fortgewaschen werden, kein Fleck irgendwelcher Art, keinerlei Blutspur. Dazu war ich zu umsichtig gewesen. Ein Zuber hatte alles aufgenommen – ha! ha!

Als ich diese Arbeit hinter mir hatte, war es vier Uhr und immer noch so dunkel wie um Mitternacht. Als die Glocke die volle Stunde schlug, klopfte es an die Haustür. Ich ging hinunter und öffnete leichten Herzens – was hatte ich *jetzt* noch zu befürchten? Drei Männer traten ein, die sich mit ausgesuchter Höflichkeit als Polizeibeamte vorstellten. Ein Nachbar hatte in der Nacht einen Schrei gehört und Verdacht geschöpft, es könnte etwas nicht in Ordnung sein; bei der Polizei war Anzeige erstattet worden, und man hatte sie (die Beamten) beordert, eine Haussuchung vorzunehmen.

Ich lächelte, denn *was* hatte ich schon zu befürchten? Ich hieß die Herren willkommen. Den Schrei, so sagte ich, hätte ich selbst im Traum ausgestoßen. Der alte Mann, erwähnte ich beiläufig, sei aufs Land gefahren. Ich ging mit meinen Besuchern durchs ganze Haus. Ich forderte sie auf zu suchen – *gründlich* zu suchen. Schließlich führte ich sie in *seine* Kammer. Ich zeigte ihnen seine Schätze, alles wohlverwahrt und unversehrt. In meiner euphorischen Selbstsicherheit brachte ich Stühle ins Zimmer und nötigte sie, sich hier von ihren Mühen zu erholen, während ich selbst, in der wilden Kühnheit meines perfekten Triumphs, meinen eigenen Stuhl genau auf die Stelle setzte, unter welcher der Leichnam des Opfers ruhte.

Die Beamten waren zufrieden. Mein *Benehmen* hatte sie überzeugt. Ich fühlte mich bei bester Laune. Sie saßen und plauderten über Alltäglichkeiten, während ich ihnen heiter antwortete. Bald jedoch fühlte ich, wie ich bleich wurde, und ich wünschte, sie würden gehen. Mein Kopf schmerzte, und in den Ohren vermeinte ich ein

Klingen zu hören. Sie aber saßen da und schwatzten immerfort. Das Klingen wurde deutlicher; es hielt an und steigerte sich. Ich redete irgend etwas daher, um dieses Gefühl loszuwerden; aber es blieb und gewann an Deutlichkeit – bis ich schließlich merkte, daß das Geräusch *nicht* in meinen Ohren war.

Kein Zweifel: Jetzt wurde ich *sehr* blaß; aber ich redete mit erhobener Stimme und ohne Punkt und Komma weiter. Doch das Geräusch nahm zu – was konnte ich nur tun? Es war ein *schwaches, dumpfes, schnelles Pochen – ganz so wie bei einer in Watte verpackten Uhr.* Ich rang nach Atem – aber die Beamten hörten nichts. Ich redete noch rascher, noch hitziger; doch das Geräusch steigerte sich immer mehr. Ich stand auf und stritt über Kleinigkeiten in den höchsten Tönen und mit heftigen Gebärden; doch das Geräusch wuchs. Warum gingen sie denn nicht! Ich stampfte mit schweren Schritten auf dem Boden hin und her, als reizten mich die Bemerkungen der Beamten bis aufs Blut – das Geräusch wuchs weiter. O Gott! Was konnte ich nur tun? Ich schäumte – ich raste – ich fluchte! Ich schwang den Stuhl, auf dem ich gesessen hatte, und schmetterte ihn auf die Bretter, aber das gewisse Geräusch übertönte alles und steigerte sich noch immer. Es wurde lauter – lauter – *lauter*! Und unter all dem plauderten die Männer weiterhin munter drauflos und lächelten vor sich hin. War es denn möglich, daß sie nichts hörten? Allmächtiger Gott! – nein! nein! Sie hörten etwas! – sie vermuteten etwas! – sie *wußten*! – sie machten sich über mein Entsetzen lustig! – das dachte ich, und das denke ich noch heute. Doch alles war besser als diese Qual! Alles ließe sich leichter ertragen als dieser Hohn! Ich konnte dieses scheinheilige Lächeln nicht mehr länger aushalten! Ich fühlte: Ich mußte schreien oder sterben! Und jetzt – wieder! – horch! – lauter! lauter! lauter! *lauter*!

»Schurken!« schrie ich, »verstellt euch nicht länger! Ich gestehe die Tat! – reißt die Bohlen auf! Hier schlägt es, hier, sein fürchterliches Herz!«

Der schwarze Kater

Für die höchst phantastische und doch ganz schlichte Erzählung, die ich nun niederschreibe, erwarte oder erbitte ich keinen Glauben. Wahnsinnig müßte ich sein, wollte ich solches erwarten, wo doch meine eigenen Sinne das von ihnen selbst Wahrgenommene verwerfen. Außerdem bin ich nicht wahnsinnig, und ich träume auch ganz sicher nicht. Aber morgen muß ich sterben, und so möchte ich heute noch meine Seele entlasten. Meine Absicht ist es dabei, knapp und ohne jeden Kommentar eine Reihe schlichter Alltagsereignisse vor der Welt darzustellen, deren Folgen mich zunächst erschreckt, gequält und schließlich völlig vernichtet haben. Doch will ich keine Erklärungsversuche unternehmen. Mich haben sie fast nur mit Grauen erfüllt – vielen werden sie jedoch weniger schrecklich als vielmehr *sonderbar* erscheinen. Später mag es vielleicht einmal einen Verstand geben, der für meine Hirngespinste eine ganz gewöhnliche Erklärung finden wird – ein ruhigerer, mehr logischer und weit weniger reizbarer Kopf als der meinige, der in den Umständen, die ich hier nur mit der größten Scheu beschreibe, lediglich eine ganz gewöhnliche Abfolge von völlig natürlichen Ursachen und Wirkungen erblicken wird.

Seit meiner Kindheit war ich bekannt für mein fügsames und freundliches Wesen. Ich hatte ein so weiches Herz, daß ich dadurch zum Gespött meiner Kameraden wurde. Vor allem mochte ich Tiere, und meine Eltern duldeten es, daß ich mich mit allen möglichen Arten meiner vierbeinigen Lieblinge umgab. Mit ihnen verbrachte ich den größten Teil meiner Zeit, und nichts machte mich glücklicher, als wenn ich sie füttern und streicheln konnte. Diese Besonderheit meines Charakters bildete sich, während ich heranwuchs, ständig weiter aus, und als ich ein Mann geworden war, wurde sie zu einer wichtigen Quelle meines Vergnügens. Wer jemals eine Zuneigung zu einem treuen und klugen Hund hatte, der braucht von mir keine umständliche Erklärung über die Art oder die Intensität der Freude, die einem hieraus erwächst. In der selbstlosen und aufopferungsvollen Liebe eines Tieres liegt etwas, das jemanden, der häufig die Gelegenheit hatte, die armselige Freundschaft und brüchige Treue eines *Menschen* auf die Probe zu stellen, mitten ins Herz trifft.

Ich heiratete früh und war glücklich, in meiner Frau ein mir verwandtes Wesen gefunden zu haben. Als sie meine Vorliebe für Haustiere bemerkte, brachte sie mir bei jeder Gelegenheit die reizendsten, die sie finden konnte. Wir hatten Vögel, Goldfische, einen hübschen Hund, Kaninchen, ein kleines Äffchen und einen *Kater.*

Dieser war ein bemerkenswert großes und schönes Tier, vollkommen schwarz und erstaunlich klug. Kam man auf seine Intelligenz zu sprechen, so spielte meine Frau, die im Grunde ihres Herzens sehr abergläubisch war, oft auf den alten Volksglauben an, der in jeder schwarzen Katze eine verwandelte Hexe sah. Nicht, daß sie es in diesem Punkt je *ernst* gemeint hätte; ich erwähne die Sache auch nur deshalb, weil sie mir gerade zufällig ins Gedächtnis kommt.

Pluto – so hieß der Kater – war unter den Tieren mein liebster Spielgefährte. Ich allein fütterte ihn, und er begleitete mich durch das ganze Haus. Und nur mit Mühe konnte ich ihn davon abhalten, daß er mir durch die Straßen folgte.

Solcherart währte unsere Freundschaft mehrere Jahre, während deren jedoch mein Temperament und Charakter durch den Hang zum Alkohol – schamrot gesteh' ich's ein – eine schlimme Veränderung zum Bösen erfuhr. Von Tag zu Tag wurde ich launenhafter, reizbarer, rücksichtsloser gegen die Gefühle anderer. Unter meinen Beschimpfungen gegen meine Frau litt ich selbst. Am Ende wurde ich sogar tätlich gegen sie. Meinen Tieren konnte diese Veränderung meiner Gemütsverfassung natürlich nicht verborgen bleiben. Ich vernachlässigte sie nicht nur, ich mißhandelte sie. Für Pluto brachte ich wenigstens noch so viel Rücksicht auf, daß ich mich beherrschte und ihn nicht malträtierte, wie ich es bei den Kaninchen, dem Äffchen und sogar bei meinem Hund skrupellos tat, wenn sie mir, aus Zufall oder Zuneigung, in den Weg kamen. Doch mein Leiden – und welches Leiden gleicht der Trunksucht! – erlangte Gewalt über mich, und selbst Pluto, der nun alt und infolgedessen etwas griesgrämig wurde, bekam die Wirkungen meiner Übellaunigkeit zu spüren.

Eines Nachts, als ich ziemlich betrunken aus einer meiner Kneipen in der Stadt nach Hause kam, bildete ich mir ein, der Kater ginge mir aus dem Wege. Ich packte ihn, und erschrocken über meine Gewalttätigkeit, biß er mich in die Hand. Augenblicklich ergriff mich der Dämon der Raserei. Ich kannte mich selbst nicht mehr. Meine ursprüngliche Seele schien plötzlich aus meinem Körper zu entfliehen, und in einer mehr als teuflischen, vom Branntwein genährten Bosheit, vibrierte jede Faser meines Körpers. Ich zog ein Federmesser aus meiner Westentasche, klappte es auf, packte das arme Tier am Hals und stach ihm, mit voller Absicht, eines seiner Augen aus der Höhle! Ich erröte, ich brenne, ich schaudere, während ich diese verdammungswürdige Grausamkeit niederschreibe.

Als mit dem Morgen die Vernunft zurückkehrte und der Rausch der nächtlichen Ausschweifung verflogen war, da empfand ich für das Verbrechen, dessen ich mich schuldig gemacht hatte, ein aus Erschrecken und Reue gemischtes Gefühl; doch war es bestenfalls ein schwaches und zweifelhaftes Gefühl, die Seele blieb davon unberührt. Von neuem gab ich mich meinen Exzessen hin und ertränkte im Wein jede Erinnerung an die Tat.

Unterdessen erholte sich der Kater langsam wieder. Die Höhle des verlorenen Auges bot freilich einen gräßlichen Anblick, doch Schmerzen schien er nicht mehr zu leiden. Wie gewohnt strich er durch das Haus, ergriff aber, wenn er meiner ansichtig wurde, erwartungsgemäß in panischer Angst die Flucht. So viel war von meinem alten Herzen noch geblieben, daß mich diese offensichtliche Abneigung einer Kreatur, die mich einst so geliebt hatte, schmerzen mußte. Doch dieses Gefühl wurde bald von Zorn verdrängt. Und dann kam, wie um mich endgültig und unwiderruflich zu vernichten, der Geist der *Perversität* über mich. Diesen Geist zieht die Philosophie nicht in Betracht. Aber so sicher ich bin, daß meine Seele lebt, so sicher bin ich auch, daß die Perversität einer der Urantriebe des menschlichen Herzens ist, eine der unteilbaren elementaren Eigenschaften oder Empfindungen, die den Charakter des Menschen bestimmen. Wer hat sich nicht schon hundertmal dabei ertappt, eine niederträchtige oder dumme Handlung zu begehen, einfach deshalb, weil er wußte, er sollte es *nicht* tun? Verspüren wir nicht, gegen alles bessere Wissen, die ständige Neigung, zu verletzen, was *Gesetz* ist, bloß weil wir es als solches begreifen? Dieser Geist der Perversität, sage ich, kam über mich, um mich endgültig zu vernichten. Er war dies unergründliche Verlangen der

Seele, *sich selbst zu quälen* – ihrer eigenen Natur Gewalt anzutun – Unrecht zu tun allein um des Unrechts willen –, das mich zum Weitermachen und schließlich zur Vollendung des Strafgerichts trieb, welches ich über das unschuldige Tier verhängt hatte. Eines Morgens legte ich kaltblütig eine Schlinge um seinen Hals und hängte es an einem Ast auf; – erhängte es, während mir die Tränen aus den Augen strömten und bitterste Reue mir am Herzen nagte; – erhängte es, *weil* ich wußte, daß es mich geliebt hatte, und *weil* ich fühlte, daß es mir keinen Grund für meine Raserei geliefert hatte; – erhängte es, *weil* ich wußte, daß ich durch diese Tat eine Sünde beging, eine Todsünde, die meine unsterbliche Seele derart gefährdete, daß ich sie dadurch – sollte das überhaupt möglich sein – an einen Ort verbannte, bis zu dem nicht einmal mehr die unendliche Gnade des barmherzigsten und schrecklichsten Gottes reichen würde.

In der Nacht, die auf diesen Tag und auf diese grausame Tat folgte, wurde ich durch den Ruf »Feuer!« aus dem Schlaf geschreckt. Die Vorhänge meines Bettes standen in Flammen. Das ganze Haus brannte. Nur mit großer Mühe gelang es meiner Frau, einer Hausgehilfin und mir, dem Flammenmeer zu entkommen. Die Zerstörung war vollständig. Mein ganzer irdischer Reichtum war vernichtet, und ich versank fortan in tiefste Verzweiflung.

Fast gebe ich der Schwäche nach, den Versuch zu unternehmen, zwischen dem Unglück und meinem

Vergehen eine Folge von Ursache und Wirkung herzustellen. Doch lege ich nur eine Kette von Tatsachen bloß, wobei ich auch nicht ein einziges mögliches Glied unbeachtet lasse. Am Tag nach dem Brand besichtigte ich die Ruine. Die Mauern waren, mit einer einzigen Ausnahme, eingestürzt. Es war dies eine nicht sehr dicke Trennwand, die etwa in der Mitte des Hauses stand und an der sich das Kopfende meines Bettes befunden hatte. Der Mörtel hatte hier weithin dem Angriff des Feuers standgehalten – eine Tatsache, die ich der kürzlich erfolgten Renovierung zuschrieb. Um diese Wand hatte sich eine dichte Menschenmenge versammelt, und viele Leute schienen eine ganz bestimmte Stelle mit einer besonderen Aufmerksamkeit zu untersuchen. Die Worte »seltsam!« und »merkwürdig!« sowie andere, ähnliche Ausrufe erregten meine Neugierde. Ich trat näher und sah, ähnlich wie ein *Basrelief* auf der weißen Oberfläche eingraviert, die Gestalt einer riesigen *Katze*. Der Abdruck war von einer wirklich erstaunlichen Genauigkeit. Um den Hals des Tieres hing ein Strick.

Beim ersten Anblick dieser Erscheinung – als etwas anderes vermochte ich sie kaum anzusehen – waren meine Verwunderung und mein Entsetzen grenzenlos. Aber schließlich kam mir ruhiges Nachdenken zu Hilfe. Der Kater hatte, so erinnerte ich mich, in einem an das Haus angrenzenden Garten gehangen. Beim Feueralarm hatte sich dieser sofort mit einer Menschenmenge gefüllt – jemand mußte das Tier vom Baum abgeschnitten und durch ein offenes Fenster in mein Zimmer geworfen haben, vielleicht in der Absicht, mich zu wekken. Der Einsturz anderer Wände hatte das Opfer meiner Grausamkeit in den frischen Verputz gepreßt; der Kalk, die Flammen und das Ammoniak des Tierkadavers hatten das Abbild so geschaffen, wie ich es jetzt vor mir sah.

Obgleich ich auf diese Weise meinem Verstand, oder gar meinem Gewissen, für die soeben geschilderte erschreckende Tatsache nur zu bereitwillig eine Erklärung lieferte, so machte sie dessen ungeachtet auf meine Phantasie einen tiefen Eindruck. Monatelang vermochte ich es nicht, mich von dem Hirngespinst des Katers zu befreien; und während dieser Zeit kehrte in mein Inneres ein Gefühl zurück, das so etwas wie Reue zu sein schien, es aber nicht war. Ich bedauerte den Verlust des Tieres und schaute mich in den schäbigen Kneipen, die ich nun zu besuchen pflegte, nach einem Hausgenossen gleicher Art und womöglich ähnlichen Aussehens um, der den Platz jenes anderen einnehmen könnte.

Eines Nachts, als ich, halb betäubt, in einer mehr als anrüchigen Spelunke saß, wurde meine Aufmerksamkeit plötzlich auf einen schwarzen Gegenstand gelenkt, der auf einem der ungeheuren Gin- und Rumfässer ruhte, die das beherrschende Mobiliar des Raumes bildeten. Minutenlang hatte ich bereits auf den oberen Rand dieses Fasses gestarrt, und ich war überrascht, daß ich den Gegenstand dort oben nicht schon früher bemerkt hatte. Ich trat näher und berührte ihn mit der Hand. Es war ein schwarzer Kater – ein ziemlich großer, so groß wie Pluto, der diesem in allem sehr ähnelte, bis auf einen Punkt. Pluto hatte nicht ein einziges weißes Haar an seinem Körper gehabt; dieser Kater aber wies einen großen, wenn auch undeutlich umrissenen weißen Fleck auf, der fast die ganze Brustpartie bedeckte.

Bei meiner Berührung richtete er sich sofort auf, schnurrte laut, rieb sich an meiner Hand und schien erfreut zu sein, daß ich ihn beachtete. Dies war genau das Tier, das ich suchte. Gleich machte ich dem Wirt ein Kaufangebot; doch dieser Mensch erhob gar keinen Anspruch auf den Kater – wußte nichts von ihm – hatte ihn nie zuvor gesehen.

Ich fuhr fort, ihn zu streicheln; und als ich mich auf den Heimweg machte, zeigte das Tier seine Bereitschaft, mich zu begleiten. Ich duldete es, und beim Weitergehen bückte ich mich ab und zu um es zu streicheln. Als es das Haus erreichte, fühlte es sich sofort heimisch und wurde der erklärte Liebling meiner Frau.

Was mich betraf, so fühlte ich bald eine Abneigung in mir aufkommen. Das war genau das Gegenteil von dem, was erwartet war; aber ich weiß nicht, wie und warum es geschah – seine offenkundige Liebe zu mir war mir widerwärtig und ärgerlich. Ganz allmählich steigerten sich diese Gefühle von Ekel und Ärger zu bitterem Haß. Ich mied das

Geschöpf; ein gewisses Schamgefühl und die Erinnerung an meine frühere grausame Tat hielten mich davon ab, es zu mißhandeln. Mehrere Wochen lang schlug ich es nicht und quälte es auch sonst in keiner Weise. Doch langsam – ganz langsam – kam es soweit, daß ich es nur noch mit unaussprechlicher Abneigung betrachten konnte und seine verhaßte Gegenwart fliehen mußte wie den Anhauch der Pest.

Was meinen Haß auf das Vieh zweifellos noch steigerte, das war, am Morgen, nachdem ich es mit nach Hause genommen hatte, die Entdeckung, daß es, ebenso wie Pluto, ein Auge eingebüßt hatte. Gerade dieser Umstand jedoch verstärkte noch die Zuneigung meiner Frau; denn wie ich schon sagte, besaß sie in einem hohen Maße jene Menschlichkeit des Fühlens, die einst mein herausragender Charakterzug und die Quelle vieler meiner schlichtesten und reinsten Freuden gewesen war.

Mit meiner Abneigung gegen diesen Kater schien seine Vorliebe für mich zu wachsen. Er folgte meinen Schritten mit einer Hartnäckigkeit, die dem Leser nur schwer begreifbar zu machen ist. Wann immer ich mich setzte, kroch er unter meinen Stuhl oder sprang mir auf die Knie und begann mit seinen mir widerwärtigen Schmeicheleien. Wenn ich mich zu einem Spaziergang erhob, lief er mir zwischen den Beinen herum und brachte mich so beinah zu Fall, oder er schlug seine langen und scharfen Krallen in meinen Anzug und kletterte bis zu meiner Brust herauf. Wenn es mich in solchen Augenblicken verlangte, ihn mit einem einzigen Hieb zu erschlagen, wurde ich davon doch durch zwei Gründe abgehalten: zum einen durch die Erinnerung an mein früheres Verbrechen, zum andern aber, und zwar hauptsächlich – ich will es jetzt gestehen – durch eine tatsächliche *Furcht* vor diesem Tier.

Nicht, daß ich physisch wirklich etwas Schlimmes befürchtet hätte; und doch käme ich in Verlegenheit, sollte ich es anders erklären. Fast schäme ich mich, es zu gestehen – ja, selbst in dieser Verbrecherzelle fühle ich Scham bei dem Geständnis –, daß das Entsetzen und das Grauen, welches das Tier mir einflößte, noch erhöht wurde durch eine der unsinnigsten Chimären, die man sich vorstellen kann. Wiederholt hatte meine Frau meine Aufmerksamkeit auf jenes Merkmal, die Stelle weißen Haars, gelenkt, von dem ich bereits sprach und das den einzigen sichtbaren Unterschied zwischen diesem seltsamen Tier und jenem darstellte, welches ich getötet hatte. Der Leser wird sich erinnern, daß dieses Merkmal, trotz seiner Größe, ursprünglich recht undeutlich aussah. Ganz allmählich aber – fast nicht wahrnehmbar, so daß meine Vernunft lange Zeit sich Mühe gab, die Sache in den Bereich der Phantasie zu verweisen – hatte es am Ende eine überdeutlich umrissene Gestalt angenommen. Es war nun die Abbildung eines Gegenstands, den zu benennen mich schaudert – und um dessentwillen ich mich gern von diesem, Abscheu und Angst erregenden Untier befreit hätte, *hätte ich es nur gewagt.* Es war das Abbild eines grauenhaften, eines gespenstischen Dings – eines *Galgens.* O düsteres und schreckliches Werkzeug des Entsetzens und des Verbrechens, der Seelenpein und des Todes!

Und nun faßte mich ein Elend, das weit über alles menschliche Maß hinausreichte. Einem *bloßen Tier,* dessen Artgenossen ich verächtlich umgebracht hatte – einem *bloßen Tier* sollte es erlaubt sein, mir – *mir,* einem Menschen, geschaffen nach dem Ebenbilde des höchsten Gottes – so viel unerträgliches Leid zuzufügen! Ach! Weder bei Tag noch bei Nacht fand ich den Segen der Ruhe! Tagsüber ließ mich die Kreatur keinen Augenblick allein; und nachts schreckte ich stündlich aus unbeschreiblichen Angstträumen empor und spürte den heißen Atem dieses *Wesens* auf meinem Gesicht und sein gewaltiges Gewicht – ein Fleisch gewordener *Nachtmahr,* den abzuschütteln ich nicht die Kraft hatte – wie eine ewige Last auf meinem *Herzen.*

Unter dem Druck solcher Qualen erstarb der schwache Rest des Guten vollends in mir. Böse Gedanken wurden jetzt meine einzigen Vertrauten – die denkbar dunkelsten und schlimmsten. Die Launenhaftigkeit meines Gemüts schwoll zu einem Haß auf alles und jeden; während, ach, meine Frau ohne zu murren die nachsichtigste Dulderin der plötzlichen und unkontrollierbaren Anfälle von Raserei war, denen ich mich jetzt blind überließ.

Eines Tages begleitete sie mich bei einer Besorgung für den Haushalt in den Keller des alten Hauses, in dem zu wohnen uns unsere Armut zwang. Der Kater folgte mir die steile Treppe hinunter und brachte mich fast kopfüber zu Fall. Meine Erbitterung steigerte sich zum Wahnsinn. Ich hob eine Axt, und in meinem Zorn die kindische Angst vergessend, die bisher meine Hand gelähmt hatte, holte ich zu einem Schlag gegen das Tier aus, der, wäre er erfolgt, tödlich gewesen wäre. Aber der Schlag wurde von der Hand meiner Frau abgelenkt. Durch dieses Dazwischentreten zu einer teuflischen Wut angestachelt, entwand ich meinen Arm ihrem Griff und ließ die Axt auf ihre Stirn herabsausen. Ohne einen Laut von sich zu geben, sank sie auf der Stelle tot nieder.

Nach dieser entsetzlichen Tat machte ich mich sogleich und mit voller Überlegung an die Aufgabe, den Leichnam zu verbergen. Ich wußte, daß ich ihn weder bei Tag noch bei Nacht aus dem Haus schaffen konnte, ohne Gefahr zu laufen, von den Nachbarn beobachtet zu werden. Viele Pläne gingen mir durch den Kopf. Eine Weile dachte ich daran, die Leiche in sehr kleine Teile zu zerstückeln und diese zu verbrennen. Dann wieder beschloß ich, im Boden des Kellers ein Grab für sie auszuheben. Danach überlegte ich, ob ich sie nicht in den Brunnen im Hof werfen oder sie wie eine Ware in eine große Kiste packen und in der üblichen Weise durch einen Träger aus dem Haus schaffen lassen solle. Schließlich fand ich einen Ausweg, den ich für bei weitem besser hielt als alle bisherigen. Ich beschloß, die Leiche im Keller einzumauern – wie es die Mönche im Mittelalter mit ihren Opfern gemacht haben sollen.

Für ein Vorhaben dieser Art war der Keller gut geeignet. Seine Wände waren einfach gebaut und erst kürzlich durchgehend mit einem groben Mörtel verputzt worden, der in der dumpfen Feuchtigkeit der Kellerluft noch nicht hart geworden war. Mehr noch: An einer der Wände befand sich ein Vorsprung, der von einer Feuerstelle oder einem blinden Kamin herrührte, der aufgefüllt und den übrigen Wänden angeglichen worden war. Ich hegte keinen Zweifel, daß ich an dieser Stelle die Ziegelsteine leicht entfernen, die Leiche dort unterbringen und das Ganze wieder so zumauern könnte, daß kein Auge irgend etwas Verdächtiges bemerken würde.

Und in dieser Berechnung sah ich mich auch nicht getäuscht. Mit Hilfe eines Brecheisens entfernte ich problemlos die Steine, und nachdem ich den Leichnam gegen die Innenwand gelehnt hatte, stützte ich ihn in dieser Stellung ab und baute die Mauer wieder so auf, wie sie ursprünglich gestanden hatte. Mit Mörtel, Sand und Haar, die ich unter allen erdenklichen Vorsichtsmaßnahmen herbeigeschafft hatte, bereitete ich einen Putz, der von dem alten nicht zu unterscheiden war und den ich nun behutsam auf das neue Mauerwerk auftrug. Als ich damit fertig war, fühlte ich Zufriedenheit, daß alles so gut gegangen war. Die Wand zeigte nicht die geringste Spur einer Bearbeitung. Den Schutt auf dem Boden hatte ich mit peinlichster Sorgfalt weggeräumt. Triumphierend schaute ich mich um und sprach zu mir selbst: »Hier also ist meine Mühe wenigstens nicht umsonst gewesen.«

Mein nächster Schritt bestand darin, nach dem Katzenvieh zu suchen, das die Ursache von so viel Elend war; denn ich war nun fest entschlossen, es zu töten. Wäre es mir begegnet, sein Schicksal wäre besiegelt gewesen. Aber es zeigte sich, daß das schlaue Tier, von der Heftigkeit meines Wutausbruchs gewarnt, es vermied, mir in meiner gegenwärtigen Stimmung unter die Augen zu kommen. Es ist unmöglich, das wunderbare Gefühl der Erleichterung zu beschreiben oder es sich vorzustellen, das die Abwesenheit der verhaßten Kreatur in meiner Brust erzeugte. Auch in der Nacht zeigte es sich nicht – und so konnte ich wenigstens eine Nacht, seit seinem Einzug ins Haus, fest und ruhig schlafen; weh mir, ja, schlafen mit der Last eines Mordes auf meiner Seele!

Der zweite und der dritte Tag verstrich, und mein Quälgeist war noch immer verschwunden. Ich atmete wieder wie ein freier Mensch. Das Untier war in seinem Schrecken für immer aus dem Haus geflohen! Ich sollte es nie mehr sehen! Ich war überglücklich! Die Schuld meiner schwarzen Tat beunruhigte mich kaum. Einige wenige Fragen waren gestellt worden, aber die hatte ich ohne zu zögern beantwortet. Man hatte sogar eine Nachforschung angestellt, aber natürlich hatte sie nichts ergeben. Ich sah einer glücklichen und gesicherten Zukunft entgegen.

Am vierten Tag nach der Mordtat kamen, völlig unerwartet, einige Polizisten ins Haus und nahmen noch einmal eine peinlich genaue Durchsuchung des ganzen Anwesens vor. Dies verwirrte mich nicht, da ich völlig sicher war, daß das Versteck nicht gefunden werden konnte. Die Beamten forderten mich auf, sie bei ihrer Suche zu begleiten. Keinen Winkel, keine Ecke ließen sie unerforscht. Schließlich stiegen sie, zum dritten oder vierten Mal, in den Keller hinab. Ich zuckte mit keiner Wimper. Mein Herz schlug so ruhig wie das eines Unschuldigen in seinem Schlummer. Ich durchmaß den Keller von einem Ende zum andern. Mit über der Brust verschränkten Armen schritt ich ungezwungen auf und ab. Die Polizisten waren vollkommen zufriedengestellt und schickten sich gerade zum Gehen an. Aber die Freude in meinem Herzen war zu groß, als daß ich sie hätte bändigen können. Ich brannte darauf, wenigstens ein Wort des Triumphes zu äußern und die Beamten in ihrer Überzeugung von meiner Schuldlosigkeit doppelt sicher zu machen.

»Meine Herren«, sagte ich schließlich, als sie die Stufen hinaufstiegen, »ich bin erfreut, ihren Verdacht zerstreut zu haben. Ich wünsche Ihnen alles

Gute, und etwas mehr Höflichkeit. Nebenbei bemerkt, dies – dies ist ein sehr gut gebautes Haus.« (In dem verrückten Verlangen, etwas leichthin zu sagen, wußte ich kaum, was ich eigentlich sprach.) »Ich darf wohl sagen, ein *exzellent* gut gebautes Haus. Diese Wände – wollen Sie denn schon gehen, meine Herren? – diese Wände sind äußerst solide zusammengefügt.« Und hier, vom Wahnsinn der Prahlerei getrieben, schlug ich mit einem Spazierstock, den ich in der Hand hielt, kräftig gegen genau jenen Teil des Mauerwerks, hinter dem der Leichnam meiner geliebten Frau verborgen war.

Möge Gott mich beschützen und mich erretten aus den Klauen des Erzfeinds! Kaum war der Widerhall meiner Schläge in der Stille verklungen, da wurde mir Antwort von einer Stimme aus dem Innern des Grabes! – durch einen Schrei, der zuerst gedämpft und gebrochen klang, wie das Wimmern eines Kindes, dann aber rasch anschwoll zu einem langgezogenen, lauten und anhaltenden Schreien, völlig widernatürlich und unmenschlich – einem Geheul – einem klagenden Kreischen, halb Schrekkenslaut, halb Triumphgeschrei, wie es von der Hölle kommen könnte, gemeinsam aus den Kehlen der Verdammten in ihrem Todeskampf und der über die Verdammnis frohlockenden Teufelsbrut.

Meine eigenen Gedanken lassen sich kaum in Worte fassen. Ohnmächtig taumelte ich zur gegenüberliegenden Wand. Einen Augenblick lang standen die Männer, starr vor Schreck und Entsetzen, auf der Treppe. Dann bearbeitete ein Dutzend kräftiger Arme die Wand, bis sie einstürzte. Der Leichnam, schon ziemlich verwest und mit geronnenem Blut überzogen, stand aufrecht vor den Augen der Betrachter. Auf seinem Kopf saß, mit rotem, weit aufgerissenem Rachen und mit einem glühenden Auge, das schreckliche Scheusal, dessen Schläue mich zum Mord verführt hatte und dessen verräterische Stimme mich jetzt dem Henker überlieferte. Ich hatte dieses Monster mit in das Grab eingemauert!

Die Tatsachen im Falle Valdemar

Selbstverständlich will ich nicht behaupten, es sei verwunderlich, daß der außergewöhnliche Fall Valdemar Aufsehen erregt hat. Das Gegenteil wäre ein Wunder gewesen – besonders, wenn man die Begleitumstände in Betracht zieht. Durch den Wunsch aller Beteiligten, die Angelegenheit wenigstens fürs erste vor der Öffentlichkeit geheimzuhalten, oder doch so lange, bis sich die Möglichkeit einer genaueren Erforschung bot, und durch unsere in diese Richtung gehenden Bemühungen kam eine entstellte oder übertriebene Darstellung unter die Leute und wurde zur Quelle manch übler Verdrehung und vieler, nur zu verständlicher Zweifel.

So sehe ich mich nun vor die Notwendigkeit gestellt, die *Tatsachen* zu berichten – soweit ich sie selbst begreife. Es sind, kurz gefaßt, die folgenden:

In den letzten drei Jahren war meine Aufmerksamkeit wiederholt auf das Phänomen des Mesmerismus gelenkt worden; und vor etwa neun Monaten entdeckte ich plötzlich, daß es in den bis jetzt gemachten Versuchsreihen eine sehr auffallende und ganz unerklärliche Lücke gab: Noch nie war bisher ein Mensch *in articulo mortis* – im Augenblick des Todes – mesmerisiert worden. Es blieb herauszufinden, ob sich der Patient in einem solchen Zustand für magnetische Einflüsse in irgendeiner Weise empfänglich zeigte; sodann, ob, wenn dies der Fall ist, diese Empfänglichkeit durch seinen Zustand abgeschwächt oder verstärkt würde; und schließlich, in welchem Maße und für wie lange sich der Eintritt des Todes durch diesen Prozeß verzögern ließ. Noch andere Punkte harrten der Klärung, diese aber erregten meine Neugier am meisten – besonders der letztere, wegen der ungeheuren Bedeutung der Folgen.

Als ich mich nach einer geeigneten Testperson umsah, kam mir mein Freund M. Ernest Valdemar in den Sinn, der bekannte Herausgeber der »Bibliotheca Forensica« und Autor (unter dem Pseudonym Issachar Marx) der polnischen Fassungen des »Wallenstein« und des »Gargantua«. M. Valdemar, der seit dem Jahre 1839 bevorzugt in Harlem, New York, gelebt hatte, fällt (oder fiel) durch seine extreme Magerkeit auf – seine unteren Gliedmaßen ähnelten sehr denen John Randolphs; ferner durch seinen weißen Backenbart, der in so starkem Kontrast zu seinem schwarzen Haar stand, daß dieses irrtümlich von allen für eine Perücke gehalten wurde. Er war von ausgesprochen nervöser Natur und insofern für mesmerische Experimente denkbar gut geeignet. Bei zwei oder drei Gelegenheiten hatte ich ihn ohne große Schwierigkeit in Schlaf versetzt, war aber hinsichtlich anderer Ergebnisse, die ich aufgrund seiner besonderen Konstitution eigentlich erwartet hatte, enttäuscht worden. Zu keiner Zeit hatte ich eine sichere, oder gar völlige Kontrolle über seinen Willen, und was die *clairvoyance* betrifft, so erzielte ich mit ihm keine zuverlässigen Ergebnisse. Meinen Mißerfolg in diesem Punkt hatte ich stets seinem angegriffenen Gesundheitszustand zugeschrieben. Einige Monate, bevor ich seine Bekanntschaft machte, hatten seine Ärzte eine unheilbare Tuberkulose bei ihm festgestellt. Dessen ungeachtet hatte er die Gewohnheit, in aller Ruhe von seiner bevorstehenden Auflösung zu sprechen, so, als handele es sich um eine Sache, die weder zu umgehen noch zu bedauern war.

Als mir die vorhin erwähnten Gedanken zum ersten Mal in den Sinn kamen, war es nur natürlich, daß ich an M. Valdemar dachte. Zu gut kannte ich den unerschütterlichen Gleichmut dieses Mannes, um irgendwelche Bedenken *seinerseits* zu befürchten; und er hatte in Amerika keine Verwandten, die sich hätten einmischen können. Ich sprach mit ihm ganz offen über die Angelegenheit, und zu meiner Überraschung zeigte er ein lebhaftes Interesse. Ich sage: zu meiner Überraschung; denn obwohl er sich mir für meine Experimente immer vorbehaltlos zur Verfügung gestellt hatte, so hatte er mir doch niemals zuvor auf irgendeine Weise seine Sympathie mit dem, was ich tat, zu verstehen gegeben. Die Art seines Leidens ermöglichte eine genaue Vorausberechnung des tödlichen Ausgangs, und so kamen wir schließlich überein, daß er etwa vierundzwanzig Stunden vor dem von seinen Ärzten angekündigten Zeitpunkt seines Hinscheidens nach mir schicken sollte.

Es ist jetzt gut sieben Monate her, daß ich, von M. Valdemar selbst, die folgende Nachricht erhielt:

Mein lieber P.,
nun können Sie also kommen. D. und F. sind sich darin einig, daß ich morgen um Mitternacht nicht mehr leben werde; und ich glaube, sie haben den Zeitpunkt sehr genau getroffen.

Valdemar

Diese Notiz erhielt ich eine halbe Stunde nach ihrer Niederschrift, und nur fünfzehn Minuten später befand ich mich im Zimmer des Sterbenden. Ich hatte ihn zehn Tage nicht mehr gesehen, und ich war entsetzt über die schreckliche Veränderung, die in diesem kurzen Zeitraum mit ihm vorgegangen war. Seine Gesichtsfarbe war von einem bleiernen Grau, seine Augen hatten jeden Glanz verloren, und die Abmagerung war so extrem, daß sich die Backenknochen geradezu durch die Haut gebohrt hatten. Er hatte übermäßig starken Auswurf. Der Puls war kaum noch wahrnehmbar. Dennoch verfügte er in erstaunlicher Weise über seine geistigen Fähigkeiten und bis zu einem gewissen Grad auch noch über seine Körperkräfte. Er sprach deutlich, nahm ohne fremde Hilfe Schmerzmittel ein, und als ich das Zimmer betrat, war er gerade dabei, Eintragungen in einem Notizbuch zu machen. Er saß, von Kissen gestützt, im Bett. Die Doktoren D. und F. waren um ihn bemüht.

Nachdem ich Valdemar die Hand gedrückt hatte, nahm ich die beiden Herren beiseite und erhielt von ihnen einen detaillierten Bericht über die Verfassung des Patienten. Die linke Lunge befand sich seit anderthalb Jahren in einem halb verknöcherten oder knorpelähnlichen Zustand und war völlig funktionsunfähig. Die rechte Lunge war in ihrem oberen Teil ebenfalls teilweise, wenn nicht gänzlich verknorpelt, während der untere Teil nur noch aus einer eitrigen Tuberkelmasse bestand. Es waren mehrere ausgedehnte Durchbrüche vorhanden, und an einer Stelle war eine feste Verwachsung mit den Rippen eingetreten. Diese Erscheinungen im rechten Lungenflügel waren verhältnismäßig neu. Die Verknöcherung war mit ungewöhnlicher Schnelligkeit fortgeschritten, noch einen Monat zuvor hatte es keine Anzeichen davon gegeben, und die Verwachsung war erst während der letzten drei Tage bemerkt worden. Unabhängig von der Tuberkulose vermutete man bei dem Patienten eine krankhafte Erweiterung der Aorta; aber die Verknöcherungssymptome machten eine genaue Diagnose in diesem Punkt unmöglich. Die Ansicht beider Ärzte war, daß M. Valdemar am folgenden Tag (einem Sonntag) gegen Mitternacht sterben würde. Jetzt war es Samstagabend, sieben Uhr.

Die Ärzte D. und F. hatten dem Bettlägerigen ein

letztes Lebewohl gewünscht und ihn verlassen, um sich mit mir zu besprechen. Sie hatten nicht die Absicht, wiederzukommen; doch auf meine Bitte hin erklärten sie sich bereit, in der folgenden Nacht gegen zehn Uhr nach dem Patienten zu sehen.

Als sie gegangen waren, sprach ich mit M. Valdemar offen über seinen bevorstehenden Tod und insbesondere über das beabsichtigte Experiment. Er bekundete nach wie vor seine Einwilligung, war sogar begierig auf die Durchführung und drängte mich, sofort damit zu beginnen. Ein Pfleger und eine Pflegerin standen bereit; aber ich fühlte mich nicht dazu berechtigt, eine derartige Aufgabe in Angriff zu nehmen, ohne im Falle eines Unglücks verläßlichere Zeugen zu haben, als es diese beiden womöglich waren. Deshalb verschob ich die Prozedur auf etwa acht Uhr des folgenden Abends, als mir die Ankunft eines mir einigermaßen bekannten Medizinstudenten (Mr. Theodore L...l) aus der Verlegenheit half. Meine ursprüngliche Absicht war es gewesen, auf die Ärzte zu warten; doch aufgrund der flehentlichen Bitten M. Valdemars sowie meiner Überzeugung, daß angesichts seines raschen Verfalls keine Minute zu verlieren sei, sah ich mich gezwungen, zu beginnen.

Mr. L...l entsprach freundlicherweise meinem Wunsch, über alle Vorkommnisse Aufzeichnungen zu machen; was ich nun zu berichten habe, beruht zum größten Teil, zusammengefaßt oder wortwörtlich, auf diesen Notizen.

Es war fünf Minuten vor acht, da nahm ich die Hand des Patienten und bat ihn, so deutlich wie möglich Mr. L... l gegenüber zu erklären, ob er (M. Valdemar) sein Einverständnis dazu gäbe, daß ich ihn in seinem gegenwärtigen Zustand mesmerisiere.

Er antwortete schwach, aber deutlich vernehmbar: »Ja, ich möchte mesmerisiert werden« – um gleich darauf hinzuzufügen: »Ich befürchte, Sie haben es zu lange hinausgeschoben.«

Während er noch sprach, begann ich mit dem Handauflegen, dessen Anwendung ich bei ihm schon als äußerst wirksam erprobt hatte, um ihn für meinen Willen empfänglich zu machen. Kaum hatte ich mit meiner Hand seitwärts über seine Stirn gestrichen, war schon eine merkliche Reaktion zu spüren; aber sosehr ich mich auch mühte, war bis einige Minuten nach zehn, als die Ärzte D. und F., wie verabredet, eintrafen, keine weitere sichtbare Wirkung zu erreichen. Ich erläuterte ihnen in wenigen Worten meine Absicht, und da sie nichts dagegen einzuwenden hatten und sagten, der Patient liege bereits im Koma, machte ich weiter, veränderte aber die Richtung meiner Handbewegungen, indem ich seine Stirn von oben nach unten zu streichen begann. Dabei konzentrierte ich meinen forschenden Blick ausschließlich auf das rechte Auge des Leidenden.

Zu dieser Zeit war sein Puls nicht mehr zu spüren, und seine röchelnden Atemzüge setzten nur alle halbe Minute ein.

Dieser Zustand hielt etwa eine Viertelstunde lang fast unverändert an. Danach aber entrang sich der Brust des Sterbenden ein natürlich klingender, wenn auch sehr tiefer Seufzer, das Röcheln hörte auf – das heißt, es war nicht mehr vernehmbar; die Atmungsintervalle blieben unverändert. Die Arme und Beine des Patienten waren eiskalt.

Etwa fünf Minuten vor zwölf konnte ich zweifelsfrei Anzeichen von mesmerischem Einfluß feststellen. Der glasige Blick wich jenem Ausdruck unruhiger *Innen*schau, die nur im Zustand des Schlafwachens anzutreffen und in ihrer Art unverkennbar ist. Mit ein paar raschen seitlichen Streichbewegungen brachte ich die Lider wie beim Einschlafen zu leisem Zittern, und mit einigen weiteren schloß ich sie schließlich ganz. Damit gab ich mich jedoch nicht zufrieden, sondern setzte meine Bemühungen mit größter Anstrengung und äußerster Willenskraft fort, bis es mir gelungen war, die Gliedmaßen des Eingeschläferten, nachdem ich sie in eine möglichst bequeme Lage gebracht hatte, in völlige Starre zu versetzen. Die Beine waren ausgestreckt; die Arme lagen etwas angewinkelt am Körper; der Kopf war leicht erhöht.

Als ich das vollbracht hatte, war es Mitternacht, und ich bat die anwesenden Herren, M. Valdemars Zustand zu prüfen. Nach einigen Versuchen räumten sie ein, daß er sich in einem ungewöhnlich tiefen, magnetischen Trancezustand befand. Die Neugier der beiden Ärzte war aufs äußerste gespannt. Dr. D. beschloß sofort, die ganze Nacht bei dem Patienten zu bleiben, während sich Dr. F. mit dem Versprechen, bei Tagesanbruch wiederzukommen, verabschiedete. Mr. L . . . l und die Krankenpfleger blieben.

Wir ließen M. Valdemar bis drei Uhr morgens völlig ungestört liegen, als ich zu ihm trat und ihn genau in jenem Zustand vorfand wie zu der Zeit, als Dr. F. fortgegangen war, das heißt, er lag in der gleichen Stellung. Der Puls war nicht zu spüren; der Atem ging schwach und war nur durch einen an die Lippen gehaltenen Spiegel zu erkennen; die Augen waren auf natürliche Art geschlossen; die Gliedmaßen waren starr und kalt wie Marmor. Und doch war der Gesamteindruck ganz sicher nicht der des Todes.

Als ich vor M. Valdemar stand, machte ich einen halbherzigen Versuch, seinen rechten Arm dazu zu bringen, meinem eigenen zu folgen, indem ich diesen über seinem Körper sacht hin und her bewegte. Solche Experimente waren mir mit diesem Patienten früher nie zu voller Zufriedenheit gelungen, und so war ich auch jetzt eigentlich ohne Hoffnung. Zu meinem Erstaunen aber folgte sein Arm ganz bereitwillig, wenn auch mühsam, jeder Richtung, in die ihn mein Arm dirigierte. Ich beschloß, ein Gespräch zu wagen.

»M. Valdemar«, sagte ich, »schlafen Sie?« Er gab keine Antwort, aber ich bemerkte ein Zittern um seine Lippen, was mich dazu veranlaßte, die Frage zu wiederholen, noch einmal und noch einmal. Beim dritten Mal ging ein leichter Schauer durch seinen Körper; die Augenlider öffneten sich und ließen einen weißen Streifen des Augapfels erkennen; die Lippen bewegten sich träge, und in einem kaum vernehmbaren Flüstern kamen von ihnen die Worte:

»Ja – schlafe jetzt. Wecken Sie mich nicht! – Lassen Sie mich so sterben!«

Ich befühlte seine Glieder und fand sie so steif wie zuvor. Der rechte Arm folgte weiterhin der Richtung meiner Hand. Von neuem fragte ich den Wach-Schläfer:

»Haben Sie noch Schmerzen in der Brust, M. Valdemar?«

Diesmal erfolgte die Antwort sofort, aber noch schwächer:

»Keine Schmerzen – sterbe.«

Ich hielt es nicht für angezeigt, ihn jetzt noch weiter zu stören, und ich sprach oder tat nichts mehr bis zum Eintreffen von Dr. F., der kurz vor Sonnenaufgang erschien und sein grenzenloses Erstaunen darüber äußerte, daß er den Patienten noch am Leben fand. Er fühlte ihm den Puls, brachte einen Spiegel an seine Lippen, und dann bat er mich, noch einmal mit dem Eingeschläferten zu sprechen. Ich tat es mit den folgenden Worten:

»M. Valdemar, schlafen Sie noch?«

Wie beim ersten Mal verstrichen einige Minuten, bevor eine Antwort kam, und in der Zwischenzeit schien der Sterbende seine ganze Kraft zu sammeln, um zu sprechen. Bei der vierten Wiederholung meiner Frage sagte er sehr schwach, fast unhörbar:

»Ja; schlafe noch – sterbe.«

Die Meinung, oder vielmehr der Wunsch der Ärzte war es nun, daß M. Valdemar in seinem gegenwärtigen, anscheinend ruhigen Zustand belassen werden sollte, bis der Tod eintreten würde, was, und darin waren sich alle einig, in ein paar Minuten geschehen mußte. Ich entschloß mich jedoch, noch einmal mit ihm zu sprechen, wobei ich meine vorherige Frage einfach wiederholte.

Während ich sprach, ging mit dem Gesicht des Wach-Schläfers eine auffällige Veränderung vor. Die Augen öffneten sich langsam, und die Pupillen drehten sich nach oben; die Haut nahm im ganzen eine leichenblasse Färbung an und sah nicht mehr wie Pergament, sondern wie weißes Papier aus; und die kreisförmigen hektischen Flecken, die sich bisher in der Mitte der Wangen deutlich abgezeichnet hatten, *erloschen* mit einem Male. Ich gebrauche diesen Ausdruck, weil die Plötzlichkeit ihres Verschwindens mich an nichts mehr erinnerte als an das Erlöschen einer Kerze, die ausgeblasen wird. Gleichzeitig zog sich die Oberlippe von den Zähnen, die sie bisher bedeckt hatte, nach oben, während der Unterkiefer mit einem vernehmbaren Geräusch nach unten fiel, wodurch der Mund weit offen stand und die schwarze geschwollene Zunge zur Gänze sehen ließ. Ich nehme an, daß keinem der

Anwesenden die Schrecken des Totenbettes fremd waren; doch der Anblick Valdemars überstieg in diesem Augenblick durch seine Gräßlichkeit jede Fassungskraft, so daß alle aus der Umgebung des Bettes zurückwichen.

Ich fühle, daß ich mit meinem Bericht an einem Punkt angelangt bin, an dem der Leser versucht sein wird, mir seine weitere Gefolgschaft zu verweigern. Ich betrachte es aber als meine Pflicht, fortzufahren.

M. Valdemar gab nicht das geringste Lebenszeichen mehr von sich; wir schlossen daraus auf seinen Tod und wollten ihn in die Obhut der Pfleger geben, als an der Zunge ein starkes Zittern zu beobachten war. Dieses hielt ungefähr eine Minute an. Und dann kam aus dem klaffenden Mund eine Stimme – es wäre Wahnsinn, wollte ich sie beschreiben. Man könnte dennoch an zwei oder drei Eigenschaftswörter denken, die für eine Beschreibung annähernd in Frage kämen; so zum Beispiel, daß der Laut rauh, gebrochen und hohl klang. Doch das Ganze ist in seiner Entsetzlichkeit nicht zu beschreiben, allein aus dem einfachen Grund, weil Laute dieser Art noch nie an eines Menschen Ohr gedrungen sind. Dennoch, es gab da zwei Besonderheiten, die ich damals – wie heute – als recht charakteristisch für diesen Laut hielt und die mir geeignet erscheinen, eine ungefähre Vorstellung von diesem unirdischen Schrecken zu vermitteln. Erstens schien die Stimme aus weiter Ferne, wie aus dem Innern der Erde an unser Ohr – zumindest an das meine – zu gelangen. Und zweitens hatte ich dabei ein Gefühl (ich fürchte wieder, mich nicht verständlich machen zu können), als käme ich mit einer gallertartigen oder klebrigen Masse in Berührung.

Ich habe von einem »Laut« und einer »Stimme« gesprochen. Ich will damit sagen, daß der Laut aus einer wundersam und aufregend deutlichen Aussprache, Silbe für Silbe bestand. M. Valdemar *sprach*, und offenbar beantwortete er die Frage, die ich ihm einige Minuten zuvor gestellt hatte. Wie man weiß, hatte ich ihn gefragt, ob er noch schlafe. Nun sagte er:

»Ja – nein – ich *habe* geschlafen – und jetzt – jetzt – *bin ich tot.*«

Keiner der Anwesenden machte auch nur den Versuch, das unaussprechliche Entsetzen zu verbergen, das diese wenigen hervorgestoßenen Worte bewirkten. Herr L...l (der Student) wurde ohnmächtig. Die Pfleger verließen überstürzt das Zimmer und waren nicht mehr zu einer Rückkehr zu bewegen. Meine eigenen Eindrücke will ich dem Leser erst gar nicht versuchen verständlich zu machen. Nahezu eine Stunde waren wir schweigend, ohne ein Wort zu sprechen, darum bemüht, Mr. L...l wieder zu Bewußtsein zu bringen. Als er schließlich zu sich kam, begannen wir erneut mit der Untersuchung von M. Valdemars Zustand.

Dieser war unverändert so, wie zuletzt beschrieben, allerdings mit der Ausnahme, daß auf dem Spiegel keine Atmung mehr erkennbar war. Der Versuch einer Blutabnahme am Arm schlug fehl. Auch sollte ich erwähnen, daß der Arm nicht länger meinem Willen gehorchte. Vergebens bemühte ich mich, ihn der Richtung meiner Hand folgen zu lassen. Den einzigen wirklichen Nachweis hypnotischen Einflusses lieferte nun, sobald ich eine Frage stellte, das Zittern der Zunge. Er schien sich um eine Antwort zu bemühen, doch versagte ihm sein Wille den Dienst. Für die Fragen anderer war er offenbar gänzlich unempfänglich, obwohl ich mir Mühe gab, jedes Mitglied der Gruppe in mesmerische Verbindung mit ihm zu bringen. Ich denke, ich habe nun alles berichtet, was zum Verständnis des damaligen Zustandes des Wachschläfers erforderlich ist. Andere Pfleger wurden beordert; und um zehn Uhr verließ ich das Haus, begleitet von den beiden Ärzten und von Mr. L . . . l.

Am Nachmittag fanden wir uns alle von neuem ein, um nach dem Patienten zu sehen. Sein Zustand war unverändert. Wir hatten eine Auseinandersetzung darüber, ob es richtig und möglich wäre, ihn aufzuwecken, kamen aber bald darin überein, daß das zu keinem guten Ende führen würde. Klar zutage lag jedenfalls, daß der Prozeß des Todes (oder was gewöhnlich als Tod bezeichnet wird) durch den Vorgang der Mesmerisierung zum Stillstand gebracht worden war. Es schien uns allen klar, daß das Aufwecken nur seine sofortige, oder zumindest baldige Verwesung zur Folge haben würde.

Von hier an gerechnet bis zum Ende der letzten Woche – *über einen Zeitraum von fast sieben Monaten also* – suchten wir täglich M. Valdemars Haus auf, gelegentlich in Begleitung befreundeter Ärzte oder anderer Bekannter. Die ganze Zeit über blieb der Hypnotisierte in *genau* dem Zustand, wie ich ihn beschrieben habe. Dabei befand er sich ständig unter der Aufsicht der Pfleger.

Vergangenen Freitag nun entschlossen wir uns endlich zu dem Experiment, ihn zu wecken, oder zu dem Versuch dazu. Und das (vielleicht) unglückliche Ergebnis dieses Experiments ist es nun, welches in bestimmten Kreisen für soviel Aufregung sorgte und große Teile der Bevölkerung in eine solch ungerechtfertigte Erregung versetzt hat.

Um M. Valdemar aus seiner mesmerischen Trance zu wecken, begann ich mit den üblichen Streichbewegungen. Eine Zeitlang blieben sie erfolglos. Das erste Anzeichen für das Wiedererwachen war ein leichtes Herabsinken der Iris. Als besonders auffallend konnten wir beobachten, daß mit diesem Herabsinken der Pupille ein starker, unter den Lidern hervorkommender Ausfluß gelblichen Blutwassers einherging, dem ein stechender und höchst widerwärtiger Geruch entströmte.

Jetzt wurde der Vorschlag gemacht, ich solle versuchen, wie schon zuvor den Arm des Patienten zu beeinflussen. Ich unternahm den Versuch – aber erfolglos. Dann äußerte Dr. F. den Wunsch, ich möge ihm eine Frage stellen. Das tat ich wie folgt: »M. Valdemar, können Sie uns erklären, was Sie jetzt fühlen oder wünschen?«

Augenblicklich kehrten die hektischen runden Flecken auf den Wangen zurück; die Zunge zuckte oder rollte vielmehr heftig im Munde (obwohl Kiefer und Lippen reglos blieben wie bisher), und schließlich brach dieselbe grausige Stimme hervor, die ich schon beschrieben habe:

»Um Gottes willen! – schnell! – schnell! – versetzen Sie mich in Schlaf – oder, schnell! – wecken Sie mich auf! – schnell! – *Ich sage Ihnen, ich bin tot!*«

Ich war völlig verstört, und einen Augenblick lang wußte ich nicht, was ich tun sollte. Zuerst versuchte ich, den Patienten zu beruhigen. Aber da ich dazu nicht mehr genügend Willenskraft besaß, ließ ich davon ab und bemühte mich nun mit aller Kraft um sein Erwachen. Ich spürte, daß ich damit Erfolg haben würde – zumindest bildete ich mir das ein –, und ich bin sicher, daß alle im Raum ebenfalls fest damit rechneten, den Patienten erwachen zu sehen.

Darauf allerdings, was wirklich geschah, konnte kein Mensch gefaßt sein.

Während ich noch in aller Eile meine mesmerischen Handbewegungen ausführte und der Ausruf »tot! tot!« allein von der Zunge, nicht von den Lippen des Leidenden geradezu *hervorbrach,* schrumpfte in weniger als einer einzigen Minute sein Körper zusammen, zerfiel und *verweste* unter meinen Händen. Auf dem Bett, vor den Augen der Anwesenden, lag eine nahezu flüssige Masse von ekelerregender, abscheulicher Fäulnis.

Die Maske des Roten Todes

Der Rote Tod hatte lange schon das Land verwüstet. Keine Seuche war je so verhängnisvoll, so gräßlich gewesen. Durch Blut offenbarte er sich, und Blut war sein Siegel – das Rot und der Schrekken des Blutes. Heftige Schmerzen traten auf und plötzliche Benommenheit, und dann stürzte das Blut aus allen Poren, und das Leben erlosch. Die scharlachroten Flecken auf dem Körper und besonders im Gesicht des Opfers waren das Mal der Ächtung, das es von der Hilfe und dem Mitgefühl der Umwelt ausschloß. Das Auftreten der Krankheit, ihr Verlauf und das Ende waren das Werk einer halben Stunde.

Doch Fürst Prospero war glücklich, furchtlos und scharfsinnig zugleich. Als seine Ländereien zur Hälfte entvölkert waren, rief er tausend gesunde und wohlgemute Ritter und Damen seines Hofes zu sich und zog sich mit ihnen in die tiefe Abgeschiedenheit eines seiner wehrhaften Schlösser zurück. Es war ein weitläufiger und prächtiger Bau, die Schöpfung seines, des Fürsten, exzentrischen, doch sehr erhabenen Geschmacks. Eine starke und hoch aufragende Mauer umgürtete ihn, und Tore aus Erz waren darin eingelassen. Die Höflinge brachten bei ihrem Einzug Schmelzöfen und mächtige Hämmer mit und verschweißten die Türriegel. Sie beschlossen, weder einem Ansturm von außen noch einem Ausbruchsversuch von innen, der in einem plötzlichen Anfall von Verzweiflung oder Raserei unternommen werden könnte, eine Chance zu geben. Das Schloß war mit Proviant reichlich versorgt. Solcherart konnten die Höflinge der Gefahr einer Ansteckung Trotz bieten. Die Welt da draußen mochte für sich selbst sorgen. In der Zwischenzeit wäre es Dummheit gewesen, sich Sorgen oder Gedanken zu machen. Der Fürst hatte für jede Art Zerstreuung Fürsorge getroffen. Es gab Possenreißer und Stegreifdichter, Ballett-Tänzer und Musikanten, es gab Schönheit und Wein. Dies alles und die Sicherheit befanden sich hier drinnen. Draußen war der Rote Tod.

Gegen Ende des fünften oder sechsten Monats dieses Lebens in der Abgeschlossenheit und während die Seuche draußen mit der größten Heftigkeit wütete, unterhielt Fürst Prospero seine tausend Freunde mit einem Maskenball von außergewöhnlicher Pracht.

Es war ein Schauspiel der Sinnenlust, dieses Maskenfest. Zuerst jedoch laßt mich von den Räumen berichten, in denen es stattfand. Es waren ihrer sieben – eine königliche Suite. In vielen Palästen bilden solche Suiten eine lange und gerade Zimmerflucht, wobei die Flügeltüren zu beiden Seiten nahezu an die Wände zurückgleiten, so daß die Durchsicht auf die ganze Ausdehnung kaum eingeschränkt wird. Hier lag der Fall ganz anders; und das war, angesichts der Vorliebe des Fürsten für das Bizarre, auch nicht anders zu erwarten. Die Gemächer waren so unregelmäßig angelegt, daß der Blick jeweils nicht viel mehr als eines von ihnen erfassen konnte. Alle zwanzig oder dreißig Ellen erfolgte eine scharfe Biegung, und bei jeder von ihnen bot sich ein neuer Eindruck. Zur Rechten und zur Linken, in der Mitte jeder Wand, ging ein hohes und schmales gotisches Fenster auf einen geschlossenen Gang hinaus, der den Windungen der Suite folgte. Diese Fenster waren aus buntem Glas, dessen Farbe wechselte, und zwar entsprechend dem jeweils vorherrschenden Ton in der Ausstattung und den Verzierungen des Raumes, zu dem sie gehörten. Der am weitesten östlich gelegene Raum zum Beispiel war in Blau gehalten – und so waren auch seine Fenster von leuchtendem Blau. Der zweite Raum wies in seinen Ornamenten und Wandbehängen die Farbe Purpur auf, und hier waren die Fensterscheiben entsprechend purpurrot. Der dritte war durchgehend grün, und nicht anders waren seine Fenster. Der vierte war orange ausgestattet und beleuchtet – der fünfte weiß, der sechste violett. Das siebente Gemach war gänzlich mit schwarzem Samt verhangen, der sich über die ganze Decke und die Wände spannte und in schweren Falten auf einen Teppich von gleichem Stoff und gleichem Farbton herabfiel. Einzig in diesem Raum entsprach die Farbe der Fenster nicht der Dekoration. Hier waren die Scheiben scharlachrot – tief blutfarben. In all dem Überfluß von goldenem Zierat, der überall lag oder von der Decke herabhing, gab es in den sieben Gemächern keinerlei Lampe oder Kandelaber. Durch die ganze Flucht der Räume hindurch gab es somit kein Licht irgendwelcher Art, weder von einer Lampe noch von einer Kerze. Aber hinter jedem Fenster stand im Seitengang jeweils ein schwerer Dreifuß, der ein brennendes Kohlebecken trug, das seine Strahlen durch die bunten Fensterscheiben warf und so die Räume blendend hell erleuchtete. Auf diese Weise wurde eine Vielzahl farbiger und phantastischer Wirkungen erzielt. Aber im westlichen oder schwarzen Zimmer war der Effekt des Feuerlichts, das durch die blutfarbenen Scheiben auf die dunklen Wandbehänge floß, von höchst geisterhafter Art und ließ die Gesichter der Eintretenden so grausig erscheinen, daß nur wenige aus der Gesellschaft so kühn waren, ihren Fuß überhaupt in diesen Raum zu setzen.

An der westlichen Wand dieses Gemachs stand eine gigantische Uhr aus Ebenholz. Ihr Pendel schwang mit einem dumpfen, schweren, monotonen Klang hin und her; und wenn der Minutenzeiger seinen Kreis auf dem Zifferblatt vollendet hatte und der Stundenschlag einsetzen sollte, so kam aus den ehernen Lungen der Uhr ein Ton, der klar, laut, tief und außerordentlich wohlklingend war, aber dennoch von so merkwürdiger Klangfarbe und Eindringlichkeit, daß die Musikanten des Orchesters sich jedesmal gezwungen sahen, in ihrer Darbietung für einen Moment innezuhalten und dem Ton zu lauschen; und so erstarrte auch die wilde Walzerjagd in ihren Drehungen, und für einen Augenblick geriet die ganze lustige Gesellschaft aus der Fassung; und während die Schläge der Uhr noch erklangen, konnte man sehen, daß die Leichtsinnigsten bleich wurden und die Bejahrteren und Gesetzteren sich mit der Hand über die Stirn fuhren, als seien sie in einer verworrenen Träumerei oder tiefen Nachdenklichkeit befangen. Aber wenn der letzte Widerhall verklungen war, durchlief ein leichtes Lachen die Gesellschaft; die Musikanten sahen einander lächelnd an, so, als hätten ihnen ihre Nerven einen Streich gespielt, und gelobten einander im Flüsterton, daß das nächste Schlagen der Uhr sie nicht noch einmal aus dem Takt bringen würde. Und dann, nach Ablauf von sechzig Minuten (also dreitausendsechshundert Sekunden der fliehenden Zeit) setzte ein neuerliches Schlagen der Uhr ein und rief die gleiche Verstörtheit, das gleiche Erbeben, die gleiche tiefe Nachdenklichkeit hervor.

Doch ungeachtet dieser Dinge war es eine Lustbarkeit voll Frohsinn und Pracht. Der Geschmack des Fürsten war recht ausgefallen. Er hatte ein feines Auge für Farben und Effekte und verachtete alles nur Modische. Seine Pläne waren hochfliegend und kühn, und seine Einfälle sprühten vor wildem Glanz. Es gab einige, die dazu neigten, ihn für wahnsinnig zu halten. Sein Gefolge aber wußte, daß es nicht so war. Um in dieser Hinsicht sicher zu sein, mußte man ihn hören, sehen und mit ihm umgehen.

Die Ausschmückung der sieben Gemächer anläßlich dieses großartigen Festes hatte er zum größten Teil selbst angeordnet; und es war ebenfalls sein eigener Geschmack, der den Maskierten ihre Rollen verlieh. Man durfte sicher sein, sie waren äußerst grotesk. Da gab es viel Glanz und Glitzer, so manch Pikantes und Gespenstisches – wovon man vieles später im Versdrama »Hernani« wiederfinden konnte. Es gab arabeske Gestalten, deren Glieder in schrecklicher Verrenkung erstarrt waren. Es gab Spukgestalten wie aus dem Fieberwahn eines Verrückten. Es gab so manche Schönheit und Lüsternheit, manch Bizarres und Grauenerregendes, aber auch manches, was Abscheu hervorrufen mochte. Hin und her wogten sie durch die sieben Gemächer, ein Meer von Träumen. Und diese Träume flossen dahin und dorthin, nahmen die Farben der Räume an und ließen die wilde Musik des Orchesters wie das Echo ihrer Schritte erscheinen. Und da schlägt wieder die Uhr aus Ebenholz im samtverhüllten Saale. Und für einen Augenblick wird alles still, außer der Stimme der Uhr. Die Träume stehen wie erstarrt. Doch kaum verklingt der Hall der Schläge

– sie hatten nur einen Moment gedauert –, so schwebt ihnen ein leichtes, halb unterdrücktes Lachen hinterher. Nun klingt die Musik wieder auf, die Träume beleben sich und nehmen in ihrem noch ausgelasseneren Fluten die Farben der bunten Fenster an, durch die die Strahlen der Dreifüße dringen. Doch keine der Masken wagt sich mehr in das westliche Gemach; denn die Nacht ist im Schwinden begriffen, und noch glühender bricht das Licht durch die blutfarbenen Scheiben; und die Schwärze der düsteren Behänge läßt einem das Blut in den Adern gefrieren. Und wer seinen Fuß auf den schwarzen Teppich setzt, dem ertönt von der nahen Uhr aus Ebenholz ein dumpfer Klang, der in seiner Nachdrücklichkeit feierlicher ist als alles, was die Ohren derer erreicht, die in den entfernteren Gemächern in ihrer Ausgelassenheit schwelgen.

Aber in diesen anderen Gemächern drängten sich die Gäste, und heiß schlug hier das Herz des Lebens. Und die Lustbarkeit ging in tollem Treiben weiter, bis schließlich auf der Uhr Mitternacht zu schlagen begann. Da brach die Musik ab, wie schon beschrieben, die Bewegungen der Tänzer erstarrten, und wie zuvor verharrte alles in bedrückendem Stillstand. Diesmal aber sollten ganze zwölf Schläge aus dem Uhrwerk erklingen; und so kam es wohl, daß, je länger die Zeit wurde, desto mehr Gedanken sich in die Köpfe der Nachdenklicheren unter den Feiernden schlichen. Und so kam es wohl auch, daß, bevor der letzte Schlag in völliger Stille versunken war, so mancher aus der Menge Gelegenheit gefunden hatte, der Anwesenheit einer maskierten Gestalt gewahr zu werden, die bisher der Aufmerksamkeit aller entgangen war. Und als die Kunde von dieser neuen Erscheinung flüsternd die Runde gemacht hatte, da erhob sich schließlich aus der Mitte der Gesellschaft ein Raunen oder Murmeln, das Überraschung und Mißbilligung ausdrückte – ja Entsetzen, Grauen und Ekel.

In einer so gespenstischen Versammlung wie dieser konnte, darf vermutet werden, kaum eine Erscheinung gewöhnlicher Art ein derartiges Aufsehen erregen. Tatsächlich waren der Maskenfreiheit in jener Nacht so gut wie keine Schranken gesetzt; doch die Gestalt, um die es ging, hatte alle Grenzen gesprengt und selbst die vom Fürsten recht weit gefaßten Gesetze des Anstands noch überschritten. Auch im Herzen des größten Rohlings gibt es Saiten, welche nicht ohne Gemütsbewegung angeschlagen werden. Selbst für den ganz und gar Verlorenen, der Leben und Tod gleichermaßen als einen Scherz betrachtet, gibt es Dinge, die sich dem Spott entziehen. Und in der Tat schien nun die ganze Gesellschaft zutiefst zu empfinden, daß Aufzug und Betragen des Fremden weder Witz noch Schicklichkeit verrieten. Die Gestalt war groß und hager und von Kopf bis Fuß in die Tücher des Grabes gehüllt. Seine Maske war derart genau dem Gesicht einer erstarrten Leiche nachgebildet, daß selbst eine Prüfung aus nächster Nähe nur mit Mühe den Betrug hätte aufdecken können. Aber all das hätte wohl noch die Duldung, wenn nicht sogar den Beifall der berauschten Gäste gefunden. Doch der Vermummte war so weit gegangen, das Abbild des Roten Todes darzustellen. Sein Gewand war mit Blut bespritzt – und seine breite Stirn, wie auch alle anderen Teile seines Gesichts, waren gezeichnet mit dem scharlachroten Schreckensmal.

Als der Blick des Fürsten Prospero auf diese geisterhafte Erscheinung fiel (die in einer langsamen und feierlichen Bewegung durch die Menge der Tänzer schritt, als wolle sie dadurch ihre Rolle noch hervorheben), da wurde bemerkt, daß er im ersten Augenblick von einem Schauder des Schrekkens oder des Widerwillens geradezu geschüttelt wurde; gleich darauf aber bedeckte Zornesröte seine Stirn.

»Wer wagt es«, fragte er mit rauher Stimme die Höflinge in seiner Nähe – »wer wagt es, uns mit diesem blasphemischen Possenspiel zu beleidigen? Ergreift ihn und reißt ihm die Maske vom Gesicht, damit wir erfahren, wen wir bei Sonnenaufgang an den Zinnen des Schlosses aufhängen werden!«

Als Fürst Prospero diese Worte hervorstieß, stand er im westlichen oder blauen Gemach. Laut und klar klangen sie durch die sieben Säle, denn der Fürst war ein kühner und stattlicher Mann, und die Musik hatte er mit einer Handbewegung zum Schweigen gebracht.

Im blauen Gemach also stand der Fürst, umringt von einer Schar bleicher Höflinge. Zunächst, als er sprach, gab es in dieser Schar eine leichte eilfertige Bewegung nach vorn in Richtung auf den Eindringling, der sich in diesem Augenblick ganz in der Nähe befand und jetzt, mit bedächtigem und stolzem Schritt, noch näher auf den Sprecher zutrat. Doch aus einer gewissen namenlosen Furcht, die der Vermummte mit seiner ungeheuerlichen Anmaßung der Gesellschaft eingeflößt hatte, fand sich niemand, der seine Hand ausstreckte, um ihn zu ergreifen; und so konnte er ungehindert im Abstand von nur einer Elle an der Person des Fürsten vorübergehen. Und während die riesige Versammlung wie unter Zwang von der Mitte der Räume zu den Wänden zurückschreckte, setzte er seinen Weg in dem gleichen feierlichen und gemessenen Gang wie zuvor, ohne Unterbrechung fort, durch das blaue Zimmer zum purpurnen – durch das purpurne zum grünen – durch das grüne zum orangenen – durch dieses wiederum zum weißen – und schließlich ins violette Zimmer, noch bevor irgend jemand Anstalten machte, ihm entschieden in den Weg zu treten. Und da geschah es, daß Fürst Prospero, rasend vor Zorn über seine eigene anfängliche Feigheit, durch die sechs Räume stürzte, ohne daß ihm auch nur einer gefolgt wäre, denn alle waren von einem tödlichen Schrecken gelähmt. Hoch schwang er einen gezogenen Dolch und hatte sich in jähem Ungetüm bis auf drei oder vier Fuß der sich zurückziehenden Gestalt genähert, als diese, am äußersten Ende des samtenen Gemachs angelangt, sich plötzlich umdrehte und ihrem Verfolger entgegentrat. Ein gellender Schrei – der Dolch fiel blitzend auf den schwarzen Teppich, und ihm nach sank Fürst Prospero tot zu Boden. Nun, mit dem Mute der Verzweiflung, brachen einige der Festgäste in das schwarze Gemach ein, ergriffen den Vermummten, dessen hohe Gestalt reglos im Schatten der Uhr aus Ebenholz stehen blieb – verharrten aber schließlich, in unaussprechlichem Grauen, denn die Grabtücher und die leichenhafte Maske, nach der sie so ungestüm gegriffen hatten, waren unbewohnt und nichts als eine leere Hülle.

Nun ward die Gegenwart des Roten Todes erkannt. Er war gekommen wie ein Dieb in der Nacht. Und einer nach dem andern sanken die Festgäste in der blutbefleckten Halle ihrer Vergnügungen zu Boden und starben in der verzweiflungsvollen Pose ihres Falls. Und mit dem Leben dieser sorglosen Menschen hörte auch die Uhr aus Ebenholz auf zu schlagen. Und die Flammen der Dreifüße erloschen. Und Finsternis und Verwesung und der Rote Tod hatten schrankenlose Herrschaft über alles.

Hüpffrosch

Nie kannte ich jemand, der so begierig auf Späße war wie der König. Das Spaßmachen schien sein Lebenssinn zu sein. Eine lustige Geschichte gut zu erzählen, war ein sicherer Weg zu seiner Gunst. So kam es, daß seine Minister sämtlich für ihre Talente als Possenreißer bekannt waren. Und sie kamen dem König nicht nur als unnachahmliche Witzbolde gleich, sondern auch in ihrer Statur als große und beleibte Männer. Ob man vom Witzemachen fett wird, oder ob es etwas im Fett selber gibt, das für Späße empfänglich macht, konnte ich nie ganz herausfinden; eines aber ist sicher: Ein dürrer Spaßmacher ist eine *rara avis in terris*.

Die Feinheiten, oder, wie er es nannte, die »Geister« des Witzes kümmerten den König wenig. Seine Bewunderung galt besonders der *Breite* eines Scherzes, und um in ihren Genuß zu kommen, nahm er oft auch dessen *Länge* in Kauf. Er hätte Rabelais' *Gargantua* gegenüber dem *Zadig* von Voltaire den Vorzug gegeben; und alles in allem sagten ihm Witze in ihrer praktischen Ausführung weit mehr zu als in ihrer erzählten Form.

Zu der Zeit meiner Erzählung war der Beruf des

Hofnarren noch nicht ganz aus der Mode gekommen. Noch hielten sich einige der großen europäischen Potentaten ihre Narren, die ein buntes Kleid mit einer Schellenkappe trugen und wegen der Krümel, die von der königlichen Tafel fielen, jederzeit mit einem treffenden Scherzwort aufzuwarten hatten.

Daß unser König seinen »Narren« behielt, versteht sich von selbst. Tatsächlich brauchte er das närrische Element, und sei es auch nur als Gegengewicht zu der schweren Weisheit der sieben Männer, die seine Minister waren – von ihm selbst ganz zu schweigen.

Sein Hofnarr war jedenfalls nicht *nur* ein Narr. Durch die Tatsache, daß er auch noch ein Zwerg und ein Krüppel war, stieg sein Wert in den Augen des Königs auf das dreifache. Zwerge waren in jenen Tagen bei Hof so üblich wie Narren; und viele Monarchen hätten sich ihre Zeit – die einem am Hofe länger wird als sonstwo – ohne einen Spaßmacher, *mit* dem man, und ohne einen Zwerg, *über* den man lachen konnte, nur schwer vertreiben können. Aber, wie ich bereits bemerkt habe, sind diese Spaßmacher in neunundneunzig von hundert Fällen fett, rund und schwerfällig – so daß unser König sich gar nicht genug selbst dazu gratulieren konnte, daß er in Hüpffrosch (so hieß der Narr) einen dreifachen Schatz in einer Person besaß.

Ich nehme an, der Name »Hüpffrosch« war ihm nicht von seinen Paten bei der Taufe gegeben, sondern er wurde ihm einstimmig von den sieben Ministern verliehen, und zwar wegen seiner Unfähigkeit, so zu gehen wie andere Menschen. Tatsächlich konnte Hüpffrosch nur ruckartig – in einer Bewegung zwischen Sprung und Rutschen – vorankommen, ein Anblick, der dem König ein grenzenloses Vergnügen bereitete und natürlich auch Trost spendete; denn dieser hatte ebenfalls einen unförmigen Körper, galt aber, ungeachtet seines fetten Bauches und seines viel zu dicken Kopfes, beim ganzen Hofstaat als eine stattliche Erscheinung.

Aber obwohl Hüpffrosch wegen seiner verkrüppelten Beine auf einem Weg oder einem Fußboden nur mit Mühe und unter großen Schmerzen vorwärtskam, wurde er durch die gewaltige Muskelkraft, mit der die Natur, zum Ausgleich für die Unzulänglichkeit seiner unteren Gliedmaßen, seine Arme versehen hatte, dazu befähigt, mancherlei Kraftstücke von wunderbarer Geschicklichkeit zu vollbringen, wenn es darum ging, Bäume, Seile oder sonst irgend etwas zu erklettern. Bei solchen Übungen ähnelte er gewiß eher einem Eichhörnchen oder einem kleinen Affen als einem Frosch.

Ich kann nicht genau sagen, aus welchem Lande Hüpffrosch ursprünglich kam. Jedenfalls aus irgendeiner barbarischen Gegend, von der niemand je gehört hatte, weit weg vom Hof unseres Königs. Hüpffrosch und ein junges Mädchen, ein kaum weniger zwergenhaftes Wesen als er selbst (obwohl von feinstem Körperbau und eine hinreißende Tänzerin), waren von ihrer jeweiligen Heimat gewaltsam verschleppt und dem König von einem seiner ewig siegreichen Generäle als Geschenk übersandt worden.

Unter diesen Umständen ist es nicht verwunderlich, daß zwischen den beiden kleinen Gefangenen eine enge Vertrautheit entstand. Tatsächlich wurden sie bald verschworene Freunde. Hüpffrosch, der trotz seiner vielen Späße keineswegs beliebt war, hatte nur selten die Möglichkeit, Trippetta einen Dienst zu erweisen; *sie* dagegen wurde ihrer Anmut und erlesenen Schönheit wegen (trotz ihrer Zwergengestalt) allgemein bewundert und verwöhnt: So besaß sie einen großen Einfluß, den sie, wann immer sie konnte, zugunsten von Hüpffrosch geltend zu machen niemals versäumte.

Zu irgendeiner großen und glanzvollen Gelegenheit – ich habe vergessen, zu welcher – ordnete der König einen Maskenball an; und immer, wenn an unserem Hof ein Maskenball oder etwas in der Art fällig war, wurden die Talente von Hüpffrosch und Trippetta mit Sicherheit gebraucht. Besonders Hüpffrosch war so erfinderisch in der Ausgestaltung von Festzügen, im Ersinnen von ungewöhnlichen Charakteren und im Entwerfen von Kostümen für Maskenbälle, daß ohne ihn nichts durchführbar schien.

Die für das Fest vorgesehene Nacht war gekommen. Ein prachtvoller Saal war unter Trippettas Aufsicht so erfindungsreich wie nur möglich geschmückt worden, um dem Maskenball jeden erdenklichen Glanz zu geben. Der ganze Hof fieberte vor Erwartung. Was Kostüme und Masken betraf, so darf man annehmen, daß hier jeder schon zu einer Entscheidung gekommen war. Viele hatten sich – hinsichtlich der Rolle, die sie spielen sollten – schon eine Woche oder gar einen Monat im voraus entschieden; und in der Tat gab es nirgends auch nur die geringste Unentschlossenheit – ausgenommen im Falle des Königs und seiner sieben Minister. Warum sie zögerten, konnte ich nie herausfinden, außer, sie wollten sich einen Scherz machen. Wahrscheinlicher ist, daß sie wegen ihrer Fettleibigkeit Schwierigkeiten hatten, sich etwas einfallen zu lassen. Jedenfalls flog die Zeit nur so dahin; und als letzte Rettung ließen sie schließlich Trippetta und Hüpffrosch kommen.

Als die beiden kleinen Freunde dem Ruf des Königs Folge leisteten, fanden sie ihn mit den sieben Mitgliedern des Ministerrates beim Wein sitzen; doch der Monarch schien sehr schlechter Laune zu sein. Er wußte, daß Hüpffrosch keinen Wein mochte, da dieser ihn derart verwirrte, daß er wie toll davon wurde; und Tollheit ist kein angenehmes Gefühl. Doch der König liebte seine derben Späße und fand Vergnügen daran, Hüpffrosch zum Trinken und, wie er es nannte, zum »Lustigsein« zu zwingen.

»Komm her, Hüpffrosch«, sagte er, als der Spaßmacher und seine Freundin den Raum betraten:

»Leere diesen Humpen auf die Gesundheit deiner abwesenden Freunde« (hier seufzte Hüpffrosch), »und dann laß uns von deinem Einfallsreichtum profitieren. Wir brauchen Masken – Masken, mein Kleiner – etwas völlig Neues – etwas Ungewöhnliches. Wir sind der ewigen Wiederholungen müde. Komm, trink! Der Wein wird dich erleuchten.«

Wie gewöhnlich sann Hüpffrosch, als Antwort auf diese Nötigung des Königs, auf einen Scherz; aber es war zu viel verlangt. Zufällig war es der Geburtstag des armen Zwerges, und der Befehl, auf das Wohl seiner abwesenden Freunde zu trinken, trieb ihm die Tränen in die Augen. Viele große bittere Tropfen fielen in den Becher, als er ihn aus der Hand des Tyrannen untertänig entgegennahm.

»Ah! ha! ha! ha!« brüllte dieser vor Lachen, als der Zwerg den Becher widerwillig leerte. »Sieh mal an, was ein Glas guten Weins vermag! Deine Augen glänzen schon!«

Armer Kerl! In seinen Augen irrlichterte es mehr, als daß sie glänzten; denn die Wirkung des Weins auf sein reizbares Hirn zeigte sich ebenso stark wie augenblicklich. Nervös stellte er den Becher auf den Tisch und starrte mit einem halb wahnsinnigen Blick in die Runde. Alle schien der Erfolg des königlichen »Scherzes« köstlich zu amüsieren.

»Und nun zur Sache«, sagte der erste Minister, ein überaus fetter Mann.

»Ja«, sagte der König, »komm, Hüpffrosch, steh uns bei. Masken, mein Kerlchen; wir brauchen dringend Masken – wir alle – ha! ha! ha!« und da dies ernstlich als Spaß gemeint war, wurde sein Lachen von den sieben im Chor wiederholt.

Auch Hüpffrosch lachte, allerdings nur schwach und hohl.

»Komm, komm«, sagte der König ungeduldig, »hast du nichts vorzuschlagen?«

»Ich bemühe mich, mir etwas Ausgefallenes auszudenken«, antwortete der Zwerg abwesend, denn der Wein hatte ihn ziemlich verwirrt.

»Du bemühst dich!« schrie wütend der Tyrann, »was soll denn das heißen? Ah, ich verstehe. Du bist bei schlechter Laune und möchtest noch Wein. Hier, trink dies!« und er goß einen weiteren Becher voll und reichte ihn dem Krüppel, der ihn, nach Atem ringend, nur anstarrte.

»Trink, sage ich!« rief der Unmensch, »oder, bei allen Teufeln –«

Der Zwerg zögerte. Der König wurde rot vor Wut. Die Höflinge grinsten. Trippetta näherte sich leichenblaß dem Sitz des Monarchen, fiel vor ihm auf die Knie und flehte ihn an, das Leben ihres Freundes zu schonen.

Einige Augenblicke lang betrachtete sie der Tyrann, sichtlich erstaunt über ihre Kühnheit. Er schien nicht zu wissen, was er tun oder sagen und wie er auf die geeignetste Art und Weise seinen Unwillen kundtun sollte. Schließlich stieß er sie heftig und ohne ein Wort zu sagen von sich und schleuderte ihr den Inhalt des vollen Bechers ins Gesicht.

Das arme Mädchen raffte sich auf, so gut es konnte und setzte sich, ohne auch nur einen Seufzer zu wagen, wieder an seinen Platz am Ende der Tafel.

Etwa eine halbe Minute lang herrschte Totenstille, während der man das Fallen eines Blattes oder einer Feder hätte hören können. Es wurde von einem leisen, aber scharfen und langgezogenen Knirschen unterbrochen, das aus allen Ecken des Raumes gleichzeitig zu kommen schien.

»Was – was – was machst du da für einen Lärm?« fragte der König, indem er sich wütend zu dem Zwerg wandte.

Dieser schien sich von seinem Rausch einigermaßen erholt zu haben, und während er starr, doch ruhig dem Tyrannen ins Gesicht blickte, stieß er nur hervor:

»Ich – ich? Wie hätte ich das denn sein sollen?«

»Das Geräusch schien von draußen zu kommen«, bemerkte einer der Höflinge. »Ich könnte mir denken, daß es der Papagei vor dem Fenster war, der seinen Schnabel an seinen Gitterstäben gewetzt hat.«

»Richtig«, antwortete der Monarch, als erleichtere ihn diese Vermutung sehr, »aber, bei meiner Ehre als Ritter, ich hätte schwören können, dieser Vagabund hier habe mit den Zähnen geknirscht.«

Hierauf lachte der Zwerg – der König war ein zu eingefleischter Witzbold, als daß er irgend jemandes Lachen hätte übelnehmen können – und entblößte eine Reihe großer, kräftiger und sehr abstoßender Zähne. Mehr noch, er erklärte seine vollkommene Bereitwilligkeit, so viel Wein zu trinken, wie verlangt werde. Der Monarch war besänftigt. Und nachdem Hüpffrosch einen weiteren Humpen ohne sichtbar üble Folgen geleert hatte, begann er sofort und mit Feuereifer, Pläne für den Maskenball zu entwickeln.

»Ich kann nicht sagen, wie ich darauf gekommen bin«, bemerkte er in aller Ruhe, als habe er nie im Leben Wein getrunken, »aber gerade, nachdem Eure Majestät das Mädchen geschlagen und ihr den Wein ins Gesicht geschüttet hatten, gerade, nachdem Eure Majestät das getan hatten, und während der Papagei dieses seltsame Geräusch draußen vor dem Fenster machte, kam mir ein köstlicher Spaß in den Sinn, ein Spaß aus meiner eigenen Heimat, den wir auf unseren Maskenbällen oft aufgeführt haben; aber hier wird er ganz neu sein. Unglücklicherweise braucht man dafür aber eine Gesellschaft von acht Personen, und –«

»Aber das sind wir ja!« schrie der König, lachend über seine scharfsinnige Entdeckung dieses Zufalls, »haargenau acht – ich und meine sieben Minister. Also los, was ist das für ein Spaß?«

»Wir nennen ihn«, antwortete der Krüppel, »die acht aneinandergeketteten Orang-Utans, und gut aufgeführt, bietet er wirklich ein herrliches Vergnügen.«

»Wir werden ihn aufführen«, sagte der König, richtete sich empor und senkte seine Augenlider.«

»Das Schöne an dem Spiel ist«, fuhr Hüpffrosch fort, »daß es den Frauen großen Schrecken einjagt.«

»Herrlich!« dröhnte lachend der Chor des Monarchen und seiner Minister.

»Ich werde Euch als Orang-Utans verkleiden«, fuhr der Zwerg fort, »überlaßt das alles nur mir. Die Ähnlichkeit wird so verblüffend sein, daß die Schar der Maskierten Euch für wirkliche Tiere halten wird, und sie werden so erschrocken wie verwundert sein.«

»Oh, das ist glänzend!« rief der König. »Hüpffrosch, ich werde einen reichen Mann aus dir machen!«

»Die Ketten haben den Zweck, durch ihr Rasseln die Verwirrung zu steigern. Man wird annehmen, daß Ihr Euren Wärtern gemeinsam entflohen seid. Eure Majestät können sich gar nicht vorstellen, wie das bei einem Maskenball wirken wird: acht aneinandergekettete und von den meisten der Anwesenden für echt gehaltene Orang-Utans, die sich mit wildem Gebrüll in die Menge der sorgfältig und prächtig gekleideten Männer und Frauen stürzen. Ein unglaublicher Gegensatz.«

»So muß es sein«, sprach der König, und eilig – da es spät wurde – erhob sich der Rat, um Hüpffroschs Anweisungen in die Tat umzusetzen.

Die Art und Weise, wie er die Gruppe als Orang-Utans verkleidete, war denkbar einfach, für seine Zwecke jedoch wirkungsvoll genug. Diese Tiere waren zu der Zeit meiner Geschichte in der zivilisierten Welt nur selten gesehen worden; und da die von dem Zwerg angefertigten Nachbildungen von ausreichender Ähnlichkeit und auch Häßlichkeit waren, konnte ihre Echtheit nicht angezweifelt werden.

Zuerst wurden der König und seine Minister in enganliegende baumwollene Unterkleider gesteckt, die sodann mit Teer getränkt wurden. An diesem Punkt der Prozedur schlug einer der Herren Federn vor; doch dieser Vorschlag wurde sofort von dem Zwerg verworfen, der die acht rasch durch den Augenschein überzeugte, daß das Haar einer solchen Bestie wie des Orang-Utans viel wirkungsvoller durch Flachs nachgeahmt werden könne. Eine dicke Schicht davon wurde also auf die Teerschicht aufgetragen. Dann schaffte man eine lange Kette herbei. Zuerst wurde sie um die Taille des Königs geschlungen und festgezogen; dann um einen anderen der Gruppe, und so bei allen nacheinander, in der gleichen Weise. Als die Verkettung beendet war, bildeten sie, so weit wie möglich voneinander entfernt einen Kreis; und um die Sache ganz natürlich erscheinen zu lassen, legte Hüpffrosch das Ende der Kette in zwei rechtwinklig zueinander stehenden Durchmessern über den Kreis, in der Art, wie es bis heute die Jäger von

Schimpansen oder anderer Großaffen auf Borneo tun.

Der große Saal, in dem der Maskenball stattfinden sollte, war ein sehr hoher, runder Raum, der sein Licht nur durch ein einziges Fenster hoch oben erhielt. In der Nacht – für die er in erster Linie bestimmt war – wurde er im wesentlichen von einem riesigen Kronleuchter erhellt, der an einer Kette von der Mitte des Oberlichts herabhing und, wie üblich, mittels eines Gegengewichts gesenkt oder gehoben werden konnte; letzteres jedoch lief, um den unschönen Anblick zu vermeiden, außerhalb der Kuppel über das Dach.

Die Ausgestaltung des Raumes war der Oberaufsicht Trippettas überlassen worden; aber in einigen Einzelheiten schien sie sich an das sachkundigere Urteil ihres Freundes, des Zwerges, gehalten zu haben. Auf seinen Vorschlag hin war auch der Kronleuchter diesmal entfernt worden. Das Tropfen des Wachses (das bei einem so warmen Wetter unmöglich verhindert werden konnte) hätte die kostbaren Kleider der Gäste ernsthaft in Mitleidenschaft gezogen; angesichts eines von Menschen überfüllten Raumes konnte man nicht von allen erwarten, daß sie die Mitte, das heißt die Stelle unter dem Kronleuchter, mieden. An verschiedenen Stellen des Saales wurden, so, daß sie nicht im Wege waren, zusätzlich Wandleuchter angebracht; und jede der mit dem Rücken zur Wand stehenden Karyatiden, fünfzig oder sechzig an der Zahl, bekam eine Fackel in die rechte Hand, die einen angenehmen Geruch verströmte.

Die acht Orang-Utans warteten mit ihrem Auftritt auf Hüpffroschs Rat hin geduldig bis Mitternacht (als der Raum mit Maskierten vollständig gefüllt war). Doch kaum war der Stundenschlag verklungen, stürmten, oder vielmehr wälzten sie sich alle miteinander herein, denn die hinderlichen Ketten ließen sie alle bei ihrem Eintritt stolpern oder hinfallen.

Die Aufregung unter den Maskierten war gewaltig und erfüllte das Herz des Königs mit Freude. Wie vorausgesehen, hielten nicht wenige unter den Gästen die wild aussehenden Kreaturen für wirkliche Bestien, wenn nicht gar für richtige Orang-Utans. Viele der Damen wurden vor Schreck ohnmächtig; und hätte der König nicht als Vorsichtsmaßnahme alle Waffen aus dem Raum entfernen lassen, er und seine Minister hätten diesen Spaß womöglich mit ihrem Blut bezahlt. Wie die Dinge lagen, begann ein allgemeiner Sturm auf die Ausgänge; doch der König hatte angeordnet, sie unmittelbar nach seinem Eintritt zu verschließen; und die Schlüssel wurden dem Zwerg auf dessen Wunsch hin anvertraut.

Als der Tumult sich auf dem Höhepunkt befand und jeder der Maskierten nur auf seine eigene Sicherheit bedacht war – denn von dem Drängen der aufgeregten Menge ging tatsächlich eine sehr ernste Gefahr aus –, hätte man sehen können, wie die

Kette, an der gewöhnlich der Kronleuchter hing und die nach dessen Entfernung hochgezogen worden war, ganz allmählich herabsank, bis der Haken an ihrem Ende nur noch drei Fuß weit vom Boden entfernt war.

Bald darauf fanden sich der König und seine sieben Freunde, nachdem sie in allen Richtungen durch den Saal gewirbelt waren, in dessen Mitte und in unmittelbarer Nähe der Kette wieder. Wie sie nun so beisammen standen, ergriff der Zwerg, der ihnen dicht auf den Fersen gefolgt war und sie angestachelt hatte, den Tumult andauern zu lassen, ihre eigene Kette am Schnittpunkt der beiden Teile, die den Kreis rechtwinklig durchschnitten. Hier hängte er blitzschnell den Haken ein, an dem gewöhnlich der Kronleuchter hing; und im Nu wurde die Kette des Kronleuchters von unsichtbarer Hand so weit emporgezogen, bis der Haken sich außer Reichweite befand und, als unvermeidliche Folge, die Orang-Utans so eng aneinanderzog, daß sie dahingen, Gesicht gegen Gesicht. Inzwischen hatten sich die Maskierten von ihrer Bestürzung wieder einigermaßen erholt; sie begannen, die ganze Sache als einen gut ersonnenen Streich zu betrachten und brachen angesichts der mißlichen Lage der Affen in lautes Gelächter aus.

»Überlassen Sie sie mir!« kreischte nun Hüpffrosch, dessen schrille Stimme das Getöse mühelos übertönte. »Überlassen Sie sie mir! Ich glaube fast, ich kenne sie. Wenn ich sie nur besser sehen kann, bin ich schnell imstande zu sagen, wer sie sind.«

Jetzt schaffte er es, über die Köpfe der Menge hinwegzuklettern und zur Wand zu gelangen; dort ergriff er die Fackel einer Karyatide, kehrte auf dem gleichen Wege zur Mitte des Raumes zurück, sprang mit der Behendigkeit eines Affen auf des Königs Kopf, kletterte von dort einige Fuß weit die Kette hinauf, hielt die Fackel nach unten, um die Gruppe der Orang-Utans in Augenschein zu nehmen, und kreischte dabei immer noch: »Ich werde gleich feststellen, wer sie sind!«

Und nun, während die ganze Versammlung, die Affen eingeschlossen, sich vor Lachen krümmte, stieß der Spaßvogel plötzlich einen gellenden Pfiff aus – mit einem heftigen Ruck flog die Kette etwa dreißig Fuß weit nach oben, zog die entsetzten und strampelnden Orang-Utans mit sich und ließ sie in der Mitte zwischen Oberlicht und Fußboden baumeln. Hüpffrosch, der sich an die Kette geklammert hielt, befand sich immer noch in gleichem Abstand zu den acht Maskierten und fuhr fort (als ob nichts geschehen wäre), seine Fackel zu ihnen hinunterzuhalten, als bemühte er sich noch immer herauszufinden, wer sie seien.

So völlig verblüfft war die ganze Gesellschaft über dieses Emporschweben, daß für etwa eine Minute tödliche Stille herrschte. Unterbrochen wurde sie von jenem leisen, scharfen und knirschenden Geräusch, das zuvor die Aufmerksamkeit des Königs und seiner Räte erregt hatte, als dieser den Wein in Trippettas Gesicht geschleudert hatte. Jetzt konnte es aber keine Frage mehr sein, woher das Geräusch kam. Es kam von den fangartigen Zähnen des Zwerges, der sie mit schäumendem Mund knirschen und mahlen ließ und der mit dem Ausdruck rasender Wut die aufwärtsgerichteten Gesichter des Königs und seiner sieben Gefährten fixierte.

»Aha!« sagte der wütende Narr schließlich. »Aha! Nun beginne ich zu erkennen, wer diese Leute sind!« Er tat so, als wolle er den König noch näher betrachten, und hielt die Fackel so nahe an den Flachs, der ihn einhüllte, daß dieser augenblicklich zu einer hellen Flamme aufloderte. In weniger als einer Minute brannten die acht Orang-Utans unter den Schreien der Menge lichterloh; diese blickte starr vor Schreck nach oben, ohne die geringste Möglichkeit zu helfen.

Schließlich zwangen die um sich greifenden Flammen den Narren, die Kette weiter hinaufzuklettern, um außerhalb ihrer Reichweite zu bleiben; und bei dieser Bewegung versank die Menge wieder, für einen kurzen Augenblick, in Schweigen. Der Zwerg ergriff die Gelegenheit und sagte noch einmal:

»Jetzt sehe ich klar, was für Menschen hinter diesen Masken stecken: ein großer König und seine sieben Geheimräte – ein König, der sich kein Gewissen daraus macht, ein wehrloses Mädchen zu schlagen, und seine sieben Räte, die ihn zu solcher Gewalttätigkeit auch noch anstacheln. Was mich betrifft, ich bin einfach Hüpffrosch, der Narr – *und dies ist mein letzter Narrenstreich.*«

Infolge der hohen Brennbarkeit des Flachses und des Teers, an dem jener klebte, war das Werk der Rache, kaum hatte der Zwerg seine kleine Rede beendet, auch schon getan. Die acht Leichen schaukelten in ihren Ketten, eine übelriechende, verkohlte, gräßliche und unkenntliche Masse. Der Krüppel schleuderte seine Fackel nach unten, kletterte gemächlich zur Decke hinauf und verschwand durch das Oberlicht.

Es wird angenommen, daß Trippetta, die auf dem Dach des Saales Posten bezogen hatte, ihren Freund bei dessen schrecklicher Vergeltung unterstützt, und daß sie gemeinsam ihre Flucht zurück in ihre Heimat bewerkstelligt hatten, denn keiner der beiden wurde je wieder gesehen.

Das ovale Porträt

Das Schloß, zu dem uns mein Diener gewaltsam Zutritt verschafft hatte – er war dieses Wagnis eingegangen, weil er es nicht zulassen wollte, daß ich mit meiner schlimmen Verletzung eine Nacht unter freiem Himmel zubrachte –, war eines jener Bauwerke, in denen Düsternis mit Erhabenheit sich mischt und die nicht nur in der Phantasie von Mrs. Radcliffe existieren, sondern schon seit langem finster auf die Apenninen herabblicken. Allem Anschein nach war es vorübergehend und erst vor kurzem verlassen worden. Wir richteten uns in einem der kleinsten und am wenigsten prachtvoll ausgestatteten Gemächer ein. Es befand sich in einem abseits gelegenen Turm des Gebäudes. Seine Verzierungen waren kostbar, doch ziemlich abgenutzt und stammten aus uralter Zeit. Seine Wände waren mit Gobelins behangen und mit mannigfaltigen und unterschiedlichen Wappen geschmückt, zusammen mit einer ungewöhnlich großen Zahl ausdrucksvoller moderner Gemälde, die in goldenen, kunstvoll verzierten Rahmen prangten. An diesen Gemälden, die nicht nur auf den glatten Flächen der Wände hingen, sondern auch in mancherlei Ecken und Winkeln, die sich durch die bizarre

Architektur des Schlosses ergeben hatten – an diesen Gemälden begann ich, verursacht vielleicht durch meine beginnenden Fieberphantasien, ein tiefes Interesse zu finden; und so bat ich Pedro, da es schon Nacht war, die schweren Fensterläden des Raumes zu schließen, die Kerzen eines hohen, am Kopfende meines Bettes stehenden Kandelabers anzuzünden und die mit Fransen besetzten Vorhänge aus schwarzem Samt, die das Bett selbst verhüllten, weit auseinanderzuziehen. Ich ließ all diese Anordnungen ergehen, um mich, wenn auch nicht dem Schlaf, so doch wenigstens abwechselnd der Betrachtung jener Bilder und der genaueren Lektüre eines kleinen Bändchens zu überlassen, das ich auf dem Kissen vorgefunden hatte und das sich die Aufgabe gestellt hatte, diese kritisch zu würdigen.

Lange, sehr lange las ich und andächtig, ja voller Hingebung versank ich in die Betrachtung der Bilder. Rasch, in reinem Genuß, gingen die Stunden dahin, und dann kam tiefe Mitternacht. Etwas an der Stellung des Kandelabers gefiel mir nicht, und um meinen schlummernden Diener nicht zu stören, streckte ich mit Mühe die Hand aus und rückte ihn so zurecht, daß er sein Licht voller auf das Buch warf.

Doch diese Veränderung hatte eine ganz und gar unerwartete Wirkung. Die Strahlen der zahlreichen Lichter (denn es waren viele Kerzen) drangen nun in eine Nische des Raums, die bis dahin tief im

Schatten eines Bettpfostens gelegen war. Und so sah ich, hell erleuchtet, ein bis dahin von mir gänzlich unbeachtetes Bild. Es war das Porträt eines jungen, eben zur Frau erblühenden Mädchens. Schnell ließ ich den Blick über das Gemälde schweifen, und dann schloß ich die Augen. Warum ich das tat, vermochte ich mir zunächst selbst nicht zu erklären. Aber während ich meine Lider geschlossen hielt, erwog ich in meinem Geist den Grund für diesen unbewußten Vorgang. Es war eine instinktive Bewegung gewesen, um Zeit zum Nachdenken zu gewinnen, um mich zu vergewissern, daß mein Sehvermögen mich nicht getäuscht hatte, und um meine Phantasie zu beruhigen und sie für eine nüchternere und kritischere Betrachtung unter Kontrolle zu bekommen. Kurz darauf richtete ich meinen Blick wieder fest auf das Gemälde.

Daß ich nun alles genau sah, konnte und wollte ich nicht bezweifeln; denn das erste Aufblitzen der Kerzen auf jener Leinwand schien den schläfrigen Starrezustand, der unbemerkt über meine Sinne gekommen war, aufgelöst und mich schlagartig hellwach gerüttelt zu haben.

Das Porträt war, wie ich schon gesagt habe, das eines jungen Mädchens. Es zeigte nur Kopf und Schultern und war in der Technik der sogenannten Vignetten-Manier gemalt, ganz ähnlich dem Stil, in dem Sully seine Köpfe darzustellen liebte. Die Arme, die Brust und selbst die Spitzen ihres schimmernden Haars gingen unmerklich in den vagen, aber tiefen Schatten über, der den Hintergrund des Ganzen bildete. Der Rahmen war oval, reich vergoldet und mit Arabesken im maurischen Stil versehen. Aus künstlerischer Sicht ließ sich kaum etwas Bewundernswürdigeres denken als das Gemälde selbst. Doch konnte es weder an der Ausführung der Arbeit noch an der unsterblichen Schönheit der Gesichtszüge liegen, daß ich mich plötzlich in eine so tiefe Gemütsbewegung versetzt fühlte. Es war auch ausgeschlossen, daß meine aus dem Halbschlummer aufgerüttelte Phantasie den Kopf fälschlicherweise für eine lebende Person gehalten hätte. Ich erkannte sofort, daß die Eigentümlichkeiten in der Komposition des Bildes, in seinem Vignetten-Stil und seinem Rahmen einen solchen Gedanken nicht aufkommen lassen konnten, ja seine bloße augenblickliche Erwägung verhindert haben mußten. Während ich über dies alles angespannt nachdachte, verharrte ich etwa eine Stunde lang fast reglos, halb sitzend, halb zurückgelehnt, und hielt meinen Blick unverwandt auf das Porträt geheftet. Schließlich hatte ich das wahre Geheimnis seiner Wirkung ergründet und sank befriedigt in meine Kissen zurück. Der ganze Zauber des Bildes nämlich lag, so glaubte ich jetzt zu wissen, in einer absoluten *Lebensechtheit* des Ausdrucks, und dieser hatte mich anfangs überrascht, schließlich verwirrt, gebannt und in Schrecken gestürzt. Mit tiefer und ehrfürchtiger Scheu stellte ich den Kandelaber an seinen ursprünglichen Platz zurück. Nachdem so der Grund meiner tiefen Beunruhigung unsichtbar geworden war, griff ich begierig nach dem Band, der zu den Gemälden und ihrer Geschichte die Erläuterungen lieferte. Ich schlug die Nummer auf, die das ovale Porträt kennzeichnete und las dort die folgenden, recht merkwürdigen und wunderlichen Worte:

»Sie war ein Mädchen von auserlesener Schönheit und ebenso lieblich wie lebensfroh. Unglück aber brachte ihr die Stunde, da sie den Maler sah, in Liebe zu ihm entbrannte und sich ihm vermählte. Er, ein leidenschaftlicher, arbeitsamer und strenger Mann, hatte bereits eine Braut: seine Kunst; sie, dieses Mädchen von erlesenster Schönheit und ebenso lieblich wie lebensfroh, war ganz Licht und Lächeln und fröhlich wie ein junges Reh. Sie liebte und hegte alle Dinge; und nur eines mußte sie hassen: die Kunst, die ihre Feindin war; und sie fürchtete nur Palette und Pinsel und die anderen widerwärtigen Geräte, die ihr das Antlitz des Geliebten streitig machten. Und so war es geradezu schrecklich für diese Frau, als der Maler von seinem Wunsche sprach, gerade sie, seine junge Braut, zu porträtieren. Doch war sie gehorsam und bescheiden, und so saß sie viele Wochen lang demütig in dem hohen dunklen Turmgemach, wo das Licht nur von oben auf die bleiche Leinwand herabsickerte. Er aber, der Maler, berauschte sich an seiner Arbeit, die von Stunde zu Stunde und von Tag zu Tag Fortschritte machte. Und er war ein leidenschaftlicher und wilder Mann, beherrscht von Launen und geneigt, sich in Träumereien zu verlieren. Darum *wollte* er nicht sehen, wie das so gespenstisch in jenen einsamen Turm fallende Licht Körper und Sinne seiner Braut welken und sie, für alle sichtbar, nur nicht für ihn, dahinschwinden ließ. Dennoch lächelte sie, lächelte klaglos weiter, denn sie sah, daß der Maler (der einen großen Ruf genoß) mit einem immer leidenschaftlicheren und brennenderen Schaffensdrang zu Werke ging und Tag und Nacht daran arbeitete, sie abzumalen, sie, die ihn so liebte, aber jeden Tag schwächer und mutloser wurde. Und fürwahr sprachen manche, die das Porträt zu Gesicht bekamen, in leisen Worten von dessen Ähnlichkeit wie von einem gewaltigen Wunder, und es erschien ihnen als ein Beweis für das überragende Können des Malers wie auch für seine tiefe Liebe zu ihr, die er so unübertrefflich wiederzugeben verstand. Schließlich aber, als die mühevolle Arbeit ihrer Vollendung entgegenging, erhielt keiner mehr Zutritt zum Turm; denn der Maler war bei seiner Arbeit geradezu in einen wilden Rausch verfallen und hob seine Augen nur noch selten von der Leinwand, ja nicht einmal mehr um in das Antlitz seiner Braut zu blicken. Und er *wollte* nicht sehen, daß die Farben, die er auf die Leinwand auftrug, den Wangen jener entzogen wurden, die ihm gegenüber saß. Und als viele Wochen vergangen waren und nur noch wenig zu tun blieb: hier noch ein Pinselstrich am Mund, da noch ein Glanzlicht am Auge, da flackerten die Lebensgeister der Frau noch einmal auf wie die Flamme im Kerzenhalter. Und dann war der Strich gezogen und das Glanzlicht aufgetragen, und für einen Augenblick stand der Maler wie in Verzückung vor dem vollendeten Werk. Im nächsten Augenblick aber, noch ganz in die Betrachtung vertieft, erfaßte ihn ein Zittern, er erbleichte und mit dem lauten Entsetzensschrei: ›Das ist wahrhaft das *Leben* selbst!‹ wandte er den Blick ruckartig zu seiner Geliebten: – Sie war tot!«

Der Goldkäfer

Oho, oho, der Bursche tanzt ja wie toll.
Den hat wohl die Tarantel gestochen.
»Alle im Unrecht«

Vor vielen Jahren trat ich in freundschaftliche Beziehungen zu einem Mr. William Legrand. Er stammte aus einer alten Hugenottenfamilie und war einst wohlhabend gewesen; eine Reihe von Unglücksfällen jedoch hatte ihn in Not gebracht. Um den Demütigungen, die solche Schicksalsschläge mit sich bringen, zu entgehen, verließ er New Orleans, die Stadt seiner Vorfahren, und ließ sich auf Sullivan's Island nieder, unweit von Charleston, South Carolina.

Diese Insel ist einzigartig. Sie besteht aus nicht viel mehr als Meeressand und ist etwa drei Meilen lang. Ihre Breite erreicht an keiner Stelle mehr als eine dreiviertel Meile. Vom Festland trennt sie ein kaum wahrnehmbarer Wasserlauf, der durch eine Wildnis von Schilf und Schlamm dahinsickert, ein Lieblingsaufenthalt des Sumpfhuhns. Der Pflanzenwuchs ist, wie man sich denken kann, spärlich oder zumindest zwergenhaft. Nirgends sind Bäume von einiger Größe zu sehen. Am westlichen Ende, wo

Fort Moultrie liegt und ein paar elende Holzhütten stehen – im Sommer werden sie von Leuten bewohnt, die Charlestons Staub und Fieber entfliehen –, mag man zwar bisweilen die stachlige Zwergpalme antreffen; indessen ist die ganze Insel, mit Ausnahme dieser westlichen Spitze und einer harten weißen Küstenlinie, mit einem dichten Unterholz der wohlriechenden Myrte bedeckt, welche bei den Gärtnern Englands in so hohem Ansehen steht. Das Buschwerk erreicht hier oftmals eine Höhe von fünfzehn bis zwanzig Fuß und bildet ein fast undurchdringliches Dickicht, dessen süßer Duft schwer in der Luft liegt.

Im innersten Winkel dieses Dickichts, nicht weit vom östlichen oder entfernteren Ende der Insel, hatte Legrand sich eine kleine Hütte gebaut, die er damals bewohnte, als ich ganz zufällig seine Bekanntschaft machte. Diese gedieh bald zur Freundschaft, denn manches an diesem Einsiedler rief meine Teilnahme und Wertschätzung hervor. Ich fand in ihm einen gebildeten Mann von ungewöhnlichen Geistesgaben; aber er war von Menschenverachtung vergiftet und krankhaften, zwischen Enthusiasmus und Melancholie wechselnden Stimmungen unterworfen. Er besaß viele Bücher, benützte sie aber nur selten. Seine hauptsächlichen Vergnügungen waren Jagen und Fischen oder müßiges Umherschlendern der Küste entlang oder durch das Myrtengestrüpp, auf der Suche nach Muscheln oder bestimmten Insekten, von denen er eine

Sammlung besaß, um die ihn ein Swammerdamm hätte beneiden können. Bei diesen Exkursionen wurde er gewöhnlich von einem alten Neger namens Jupiter begleitet, den man schon vor den Schicksalsschlägen der Familie freigelassen hatte, der jedoch weder durch Drohungen noch durch Versprechungen dazu gebracht werden konnte, das aufzugeben, was er als sein gutes Recht ansah, nämlich seinem jungen ›Massa Will‹ auf Schritt und Tritt zu folgen. Es ist nicht unwahrscheinlich, daß Legrands Angehörige, die seinen Geist für nicht wenig verwirrt hielten, es fertiggebracht hatten, Jupiter zu dieser Hartnäckigkeit zu verhelfen, damit der unstete Einsiedler Schutz und Aufsicht habe.

Auf der Breite von Sullivan's Island sind die Winter meist nicht sehr streng, und im Herbst ist es schon ein besonderes Ereignis, wenn man einmal ein Feuer für nötig hält. Um die Mitte des Oktobers 18.. gab es jedoch einen bemerkenswert kalten Tag. Gerade vor Sonnenuntergang arbeitete ich mich mühsam durch das immergrüne Gestrüpp zu der Hütte meines Freundes, den ich schon seit mehreren Wochen nicht mehr besucht hatte – ich wohnte damals in Charleston, neun Meilen von der Insel entfernt, und die Möglichkeiten der Hin- und Rückreise standen hinter den heutigen weit zurück. Als ich die Hütte erreichte, klopfte ich, wie es meine Gewohnheit war, und nachdem ich keine Antwort bekam, suchte ich an dem mir bekannten Versteck nach dem Schlüssel, schloß die Tür auf und trat ein. Auf dem Herd flackerte ein kleines Feuer. Das war ungewöhnlich, aber durchaus nicht unangenehm. Ich legte den Überrock ab, zog einen Lehnstuhl vor die knisternden Scheite und erwartete geduldig die Ankunft meiner Gastgeber.

Bald nach Einbruch der Dunkelheit kamen sie und begrüßten mich aufs herzlichste. Jupiter machte sich, von einem Ohr zum andern grinsend, geschäftig daran, einige Sumpfhühner zum Abendessen zu bereiten. Legrand hatte wieder einmal einen seiner Anfälle – oder wie sonst soll ich es nennen? – von Begeisterung. Er hatte eine unbekannte zweischalige Muschel gefunden, die eine neue Gattung darstellte, und überdies hatte er mit Jupiters Hilfe einen Skarabäus gejagt und eingefangen, den er für bisher absolut unbekannt hielt und über den er am folgenden Morgen meine Meinung zu hören wünschte.

»Und warum nicht schon heute abend?« fragte ich, rieb mir die Hände über der Glut und wünschte die ganze Familie der Skarabäen zum Teufel.

»Ach, hätte ich doch nur geahnt, daß Sie hier sind!« sagte Legrand, »aber Sie haben sich so lange nicht mehr blicken lassen, wie konnte ich da voraussehen, daß Sie mir ausgerechnet heute abend einen Besuch abstatten würden? Auf dem Heimweg traf ich Leutnant G. aus dem Fort, und dummerweise habe ich ihm den Käfer geliehen, so daß Sie ihn nicht vor morgen sehen können. Bleiben Sie doch über Nacht, und ich will ihn von Jupiter vor

Sonnenaufgang holen lassen. Es gibt nichts Entzükkenderes in der ganzen Schöpfung.«

»Als was? Den Sonnenaufgang?«

»Unsinn! nein! – den Käfer. Er ist von glänzend goldener Farbe – etwa so groß wie eine Hickorynuß –, mit zwei pechschwarzen Flecken an einem Ende des Rückens, und einem einzelnen, etwas längeren, am andern. Die Fühler sind –«

»Zinn? Nein, Massa Will, ich hab doch immer gesagt, das is kein Zinn nich«, fiel ihm Jupiter hier ins Wort, »der Käfer is'n Goldkäfer, rein Gold, jedes bißchen von ihm, inn' drin und rund rum, nur die Flügel nich – hab nie im Leben 'n halb so schweren Käfer gehalten.«

»Nun, angenommen es ist so, Jupiter«, erwiderte Legrand, etwas ernster, wie mir schien, als es die Sache erforderte, »aber ist das ein Grund, die Hühner anbrennen zu lassen? Die Farbe«, wandte er sich jetzt an mich, »scheint tatsächlich Jupiters Meinung zu bestätigen. Sie haben nie einen prächtigeren Metallglanz gesehen, als seine Flügeldecken ihn ausstrahlen, aber darüber werden Sie sich erst morgen ein Urteil bilden können. Einstweilen kann ich Ihnen eine ungefähre Vorstellung von seiner Gestalt geben.« Mit diesen Worten setzte er sich an einen kleinen Tisch, auf dem Feder und Tinte, aber kein Papier lagen. Er suchte in seiner Schublade, fand aber keines.

»Macht nichts«, sagte er schließlich, »dies hier wird's auch tun«, und er zog aus seiner Westentasche einen Fetzen hervor, den ich für ein sehr schmutziges Kanzleipapier hielt, und machte darauf mit der Feder eine flüchtige Zeichnung. Währenddessen blieb ich an meinem Platz beim Feuer, denn es fröstelte mich immer noch. Als die Zeichnung fertig war, reichte er sie mir herüber, ohne sich zu erheben. Kaum hielt ich sie in Händen, hörte man ein lautes Knurren, dem ein Kratzen an der Tür folgte. Jupiter öffnete und ein riesiger Neufundländer, der Legrand gehörte, stürmte herein, sprang an mir hoch und überschüttete mich mit Liebkosungen; denn während früherer Besuche hatte ich ihm viel Aufmerksamkeit geschenkt. Als seine Freudensprünge sich gelegt hatten, sah ich mir das Papier an und war, ehrlich gesagt, ziemlich verdutzt über das, was mein Freund gezeichnet hatte.

»Nun ja«, sagte ich, nachdem ich es einige Minuten lang betrachtet hatte, »ich muß gestehen, das ist schon ein seltsamer Skarabäus; ist mir neu; noch nie etwas Derartiges gesehen – er ähnelt mehr einem Schädel oder einem Totenkopf, als irgend etwas anderem, das *mir* jemals vor Augen gekommen ist.«

»Einem Totenkopf!« wiederholte Legrand. »Oh – ja – doch, auf dem Papier hat er etwas davon, kein Zweifel. Die beiden oberen schwarzen Flecken sehen wie Augen aus, hm? Und der längere Fleck unten wie ein Mund – und dann hat das Ganze auch noch eine ovale Form.«

»Mag sein«, sagte ich, »aber, Legrand, ich

fürchte, Sie sind kein Künstler. Wenn ich mir eine Vorstellung von seinem wirklichen Aussehen machen soll, muß ich wohl warten, bis ich den Käfer selber sehe.«

»Nun, ich weiß nicht«, sagte er, ein wenig gereizt, »ich zeichne ganz leidlich – sollte es jedenfalls tun – hatte gute Lehrer und schmeichle mir, kein Holzkopf zu sein.«

»Aber mein guter Junge, dann wollen Sie mich wohl zum besten haben«, sagte ich, »das ist ein recht passabler *Schädel* – tatsächlich, ich würde sagen, es ist ein ganz *ausgezeichneter* Schädel, nach den Vorstellungen, die man sich gemeinhin von solchen anatomischen Objekten macht – und Ihr Skarabäus muß der kurioseste Skarabäus von der Welt sein, wenn er ihm ähnlich sieht. Ja, wir können damit noch ein ganz hübsches Stück Aberglauben in die Welt setzen. Ich nehme an, Sie werden den Käfer *scarabaeus caput hominis* nennen, oder so ähnlich – es gibt viele Bezeichnungen dieser Art in der Naturgeschichte. Aber wo sind die Fühler, von denen Sie sprachen?«

»Die Fühler?« sagte Legrand, der über der Sache in unbegreifliche Aufregung zu geraten schien, »ich bin sicher, Sie müssen sie sehen. Ich zeichnete sie so deutlich, wie sie bei dem Insekt wirklich sind, und ich bilde mir ein, das genügt.«

»Schon gut«, sagte ich, »vielleicht haben Sie das ja – trotzdem sehe ich sie nicht«, und ich reichte ihm das Papier ohne weitere Bemerkungen zurück, da ich ihn nicht verstimmen wollte. Doch erstaunte mich die Wendung, die die Dinge genommen hatten, nicht wenig; seine schlechte Laune setzte mich in Verlegenheit, und was die Zeichnung des Käfers betraf, so waren beim besten Willen *keine* Fühler zu erkennen, und das Ganze besaß wirklich eine verblüffende Ähnlichkeit mit den üblichen Abbildungen eines Totenkopfs.

Er nahm das Blatt recht unwirsch entgegen und war schon im Begriff, es zusammenzuknüllen, offenbar, um es ins Feuer zu werfen, als ein zufälliger Blick auf die Zeichnung plötzlich seine Aufmerksamkeit zu fesseln schien. Im gleichen Augenblick überzog eine heftige Röte sein Gesicht – im nächsten wurde er überaus blaß. Einige Minuten lang unterzog er die Zeichnung, ohne seinen Platz zu verlassen, einer eingehenden Untersuchung. Schließlich stand er auf, nahm eine Kerze vom Tisch und begab sich in die entfernteste Ecke des Raumes, um sich dort auf einer Seemannskiste niederzulassen. Nun setzte er die Untersuchung geradezu gierig fort, indem er das Blatt nach allen Seiten wendete. Dabei sprach er jedoch kein Wort, und sein Verhalten verwunderte mich aufs höchste; doch hielt ich es für klüger, seine zunehmend schlechte Laune nicht durch irgendeine Bemerkung noch zu verschlimmern. Bald darauf zog er eine Brieftasche aus seinem Rock, legte das Papier sorgfältig hinein und tat beides in ein Schreibpult, das er verschloß. Nun wurde er gelassener in seinem Benehmen; die ursprüngliche Begeisterung aber war völlig von ihm gewichen. Doch schien er weniger mürrisch, als vielmehr in Gedanken versunken zu sein. Der Abend verging, und mehr und mehr überließ er sich seinen Träumen, aus denen ihn all meine Späße nicht zu reißen vermochten. Ich hatte eigentlich die Absicht gehabt, die Nacht, wie schon oft zuvor, in seiner Hütte zu verbringen; doch als ich meinen Gastgeber in dieser Stimmung sah, hielt ich es für angezeigt, mich zu verabschieden. Er drängte mich nicht, zu bleiben; doch als ich ging, schüttelte er mir noch herzlicher die Hand als sonst.

Etwa einen Monat später (in der Zwischenzeit hatte ich von Legrand nichts gehört) erhielt ich in Charleston den Besuch seines Dieners Jupiter. Nie hatte ich den guten alten Neger so niedergeschlagen gesehen, und ich fürchtete schon, daß meinem Freund ein ernstliches Unglück zugestoßen sei.

»Nun, Jup«, sagte ich, »was gibt's? Wie geht es deinem Herrn?«

»Also, die Wahrheit zu sagen, Massa, ihm geht's nich so gut, wie es sein muß.«

»Nicht gut? Das tut mir aufrichtig leid. Worüber klagt er denn?«

»Verdammich! Das isses! Er nie nich klagn über was – aber trotzdem isser sehr krank.«

»Sehr krank, Jupiter! Warum sagst du das nicht gleich? Liegt er im Bett?«

»Nein, das nich! Er liegt nirgends – das isses ja, wo der Schuh drückt – mein Herz is schwer wegen armes Massa Will.«

»Jupiter, jetzt möchte ich aber wissen, wovon du eigentlich sprichst. Du sagst, dein Herr sei krank. Hat er dir nicht gesagt, was ihm fehlt?«

»Aber Massa, hat kein Zweck wütend zu werden über das – Massa Will sagt, daß ihm gar nix fehlt – aber warum dann so rumgehn und so aussehn, Kopf untn und Schulter obn, und weiß wie 'n Gespenst? Un dann die Siffern die ganze Zeit –«

»Was die ganze Zeit?«

»Die ganze Zeit malt er Siffern mit Figurn auf ne Schippertabl – so komisch Rechnung hab ich nie gesehn. Ich hab mächtig Schreck bekommen, sag ich. Muß scharf Auge habn auf jedn sein Weg. Neulich is er mir ausgerissn vor Sonnenaufgang und is weg liebn Tag. Ich hab 'n dickn Stock geschnittn, un wollt ihn prügln, wenn er wieder kam – aber ich bin so 'n alter Narr, habs nich können übers Herz bringen – wo er so sehr schlimm ausgesehn.«

»Wie? – was? – ja, solltest mit dem alten Jungen aber nicht zu streng sein – sollst ihn nicht schlagen, Jupiter, das hält er nicht aus. Aber hast du keine Ahnung, woher diese Krankheit kommt, oder vielmehr diese Veränderung in seinem Verhalten? Ist irgendetwas Unangenehmes vorgefallen, seit ich bei euch war?«

»Nein, Massa, *seitdem* nichts Ungenehmiges – war schon *vordem* – war genau der Tag, wo Sie da warn.«

»Wie? Was meinst du?«

»Nun, Massa, ich mein doch den Käfer.«

»Was?«

»Den Käfer. Bin ganz sicher, Massa Will is von dem Goldkäfer am Kopf gebissen.«

»Und welchen Grund hast du für eine solche Annahme, Jupiter?«

»Mund? Ja, Mund genug, Massa, und Krallen auch. Ich hab noch nie gesehn so 'n verd... Käfer – er kratzt und beißt alls, was ihm nah kommt. Massa Will wollt ihn zuerst fangn, mußt ihn aber ganz schnell loslassn, sag ich Ihn – das war da, wo er ihn gebissn hat. Mir selber hat dem Käfer sein Maul überhaupt nich gefalln und ich hab 'n nie nich mit den Fingern angefaßt, sondern mit 'm Stück Papier gefangen, das ich gefundn hab. Ich wickl 'n ins Papier und hab ihm davon ein Stück ins Maul gestopft – so war's.«

»Und du glaubst also, dein Herr sei tatsächlich von dem Käfer gebissen und von dem Biß krank geworden?«

»Ich glaub gar nix, ich weiß's. Was träumt er so viel von Gold, wenn er nich gebissen wurd von dem Goldkäfer? Ich hab schon früher gehört von solche Goldkäfer.«

»Aber woher willst du denn wissen, daß er von Gold träumt?«

»Woher ich's weiß? Das is, weil er spricht im Schlaf davon, daher weiß ich's.«

»Nun, Jup, vielleicht hast du ja recht; aber welchem glücklichen Umstand verdanke ich die Ehre deines heutigen Besuchs?«

»Was is Massa?«

»Bringst du mir irgendeine Botschaft von Herrn Legrand?«

»Nein, Massa, ich bring bloß diesen Pistel hier«; und damit übergab er mir einen Brief, der folgendermaßen lautete:

›Mein lieber...!

Warum habe ich Sie so lange nicht gesehen? Ich hoffe, Sie waren nicht so töricht, irgendeine kleine Schroffheit meinerseits übelzunehmen; aber nein, das ist unwahrscheinlich.

Seit wir uns sahen, hatte ich einigen Grund zu großer Beunruhigung. Ich habe Ihnen etwas zu sagen, weiß aber nicht, wie ich es sagen soll, noch, ob ich es überhaupt sagen soll. Ich habe mich in den letzten Tagen nicht ganz wohlgefühlt, und der arme alte Jup geht mir mit seiner gutgemeinten Fürsorge ganz schrecklich auf die Nerven. Werden Sie es glauben? Neulich hatte er einen riesengroßen Stock vorbereitet, mit dem wollte er mich züchtigen, weil ich ihm entwischt war und den Tag ganz allein in den Hügeln auf dem Festland zugebracht hatte. Ich glaube wirklich, daß nur mein schlechtes Aussehen mich vor Prügeln bewahrt hat.

Zu meiner Sammlung ist seit unserem letzten Treffen nichts Neues hinzugekommen.

Wenn Sie es irgend einrichten können, so kommen Sie doch mit Jupiter herüber. Bitte kommen Sie. Ich möchte Sie noch *heute abend* in einer wichtigen Angelegenheit sprechen. Ich versichere Ihnen, es ist von *höchster* Wichtigkeit.

Immer der Ihre,
William Legrand‹.

Es lag da etwas in dem Ton dieses Schreibens, bei dem es mir äußerst unbehaglich wurde. Sein ganzer Stil wich wesentlich von dem ab, was ich von Legrand gewöhnt war. Wovon konnte er nur träumen? Was für eine neue Grille hatte von seinem reizbaren Hirn Besitz ergriffen? Was für eine Sache von »höchster Wichtigkeit« konnte *er* denn schon zu erledigen haben? Jupiters Bericht über ihn verhieß nichts Gutes. Ich fürchtete, daß der andauernde Druck des Unglücks den Verstand meines Freundes nun völlig zerrüttet habe. So machte ich mich ohne auch nur einen Augenblick zu zögern bereit, den Neger zu begleiten.

Als wir den Anlegeplatz erreichten, sah ich auf dem Boden des Boots, welches uns übersetzen sollte, eine Sense und drei Spaten.

»Was soll denn das bedeuten, Jup?« fragte ich.

»Is Sense, Massa, un Spaten.«

»Sehr richtig. Aber was tun die Sachen hier?«

»Is Sense und Spaten, was ich für Massa Will in

der Stadt hab kaufn müssen und wofür ich ne Teufelsmenge Geld hab zahlen müssen.«

»Aber im Namen alles Geheimnisvollen – was will denn nur dein ›Massa Will‹ mit der Sense und den Spaten machen?«

»Das is mehr, als ich weiß, un der Teufel hol mich, wenn's nich auch mehr is, als er selber weiß. Aber das kommt von dem Käfer.«

Da ich sah, daß von Jupiter, dessen Verstand ganz von »dem Käfer« beherrscht zu sein schien, nichts Vernünftiges herauszubringen war, bestieg ich das Boot und setzte die Segel. Mit einer günstigen, frischen Brise liefen wir bald in die kleine Bucht nördlich von Fort Moultrie ein, und ein Marsch von etwa zwei Meilen brachte uns zu der Hütte. Gegen drei Uhr am Nachmittag kamen wir an. Legrand hatte uns schon mit großer Ungeduld erwartet. Mit nervöser Hast griff er nach meiner Hand, was mich erschreckte und meinen sowieso schon vorhandenen Verdacht bestärkte. Sein Antlitz war geradezu geisterhaft blaß, und seine tiefliegenden Augen strahlten in einem unnatürlichen Glanz. Nach ein paar Fragen hinsichtlich seiner Gesundheit erkundigte ich mich, weil mir nichts Besseres einfiel, ob er den Skarabäus von Leutnant G. schon zurückerhalten habe.

»O ja«, antwortete er und errötete heftig, »gleich am nächsten Morgen. Nichts könnte mich dazu bringen, mich von diesem Skarabäus noch einmal zu trennen. Wissen Sie, daß Jupiter da ganz recht hat?«

»In welcher Beziehung?« fragte ich mit einer schlimmen Ahnung im Herzen.

»In der, daß er ihn für einen Käfer aus *echtem Gold* hält.« Er sagte das mit tiefernster Miene, und ich fühlte unbeschreibliche Betroffenheit.

»Dieser Käfer soll mein Glück machen«, fuhr er mit einem triumphierenden Lächeln fort, »er soll mich wieder in den Besitz meiner Familiengüter bringen. Ist es da ein Wunder, daß ich ihn so hoch halte? Da es Fortuna gefallen hat, ihn mir in die Hände zu spielen, muß ich mich seiner nur richtig bedienen, und ich werde zu dem Golde kommen, zu dem er der Wegweiser ist. Jupiter, bring mir den Skarabäus!«

»Was? Den Käfer, Massa? Ich will 'n lieber nich störn – Sie müssn ihn schon selber holn gehn.« Hierauf erhob sich Legrand mit ernster und stolzer Miene und holte den Käfer aus einem Glasbehälter, in welchem er eingeschlossen war. Es war ein prachtvoller, zu jener Zeit den Naturforschern noch unbekannter Skarabäus – in wissenschaftlicher Hinsicht also von großem Wert. An dem einen Ende des Rückens hatte er zwei runde schwarze Flecken und am andern Ende einen länglichen. Die Flügeldecken waren außerordentlich hart und glänzend und wirkten wie poliertes Gold. Das Gewicht des Insekts war beträchtlich; und wenn ich alle Dinge in Erwägung zog, so konnte ich Jupiter hinsichtlich seiner Meinung darüber kaum tadeln. Wie ich mir aber Legrands Übereinstimmung mit dieser

Meinung erklären sollte, das hätte ich bei meinem Leben nicht zu sagen gewußt.

»Ich sandte nach Ihnen«, sagte er in hochtrabendem Ton, nachdem ich den Käfer gebührend betrachtet hatte, »ich sandte nach Ihnen, um Sie um Rat und Beistand zu bitten, wie ich mich im Sinne der Absichten des Schicksals und des Käfers –«

»Mein lieber Legrand«, fiel ich ihm ins Wort, »Sie sind gewiß unwohl und sollten besser auf sich acht geben. Sie werden sich zu Bett legen, und ich will ein paar Tage bei Ihnen bleiben, bis Sie's überstanden haben. Sie fiebern und –«

»Fühlen Sie meinen Puls«, sagte er.

Ich fühlte ihn und fand, um die Wahrheit zu sagen, nicht das geringste Anzeichen von Fieber.

»Aber Sie können krank sein und trotzdem kein Fieber haben. Erlauben Sie mir, dieses eine Mal Ihr Arzt zu sein. Zunächst legen Sie sich zu Bett. Dann –«

»Sie irren sich«, warf er ein, »ich fühle mich so wohl, wie ich es unter Berücksichtigung der Aufregung, unter der ich leide, nur erwarten kann. Wenn Sie mir wirklich wohlwollen, dann dämpfen Sie diese Aufregung.«

»Und wie könnte das geschehen?«

»Sehr leicht. Jupiter und ich gehen auf eine Expedition in die Berge des Festlands, und bei dieser Expedition werden wir die Hilfe eines Menschen brauchen, dem wir vertrauen können. Sie sind der einzige, bei dem das der Fall ist. Ob wir Erfolg haben oder scheitern, die Aufregung, die Sie jetzt an mir bemerken, wird sich legen.«

»Ich möchte Ihnen gerne in jeder Weise behilflich sein«, erwiderte ich, »aber wollen Sie damit sagen, daß dieser höllische Käfer mit Ihrer Expedition zu den Hügeln in irgendeinem Zusammenhang steht?«

»Das tut er.«

»Dann, Legrand, kann ich an einem derart absurden Unternehmen nicht mitwirken.«

»Das bedaure ich – und zwar sehr – denn dann müssen wir es alleine versuchen.«

»Es alleine versuchen! Der Mann muß verrückt sein! – aber halt! Wie lange wollen Sie fort bleiben?«

»Voraussichtlich die ganze Nacht. Wir brechen sofort auf und sind auf jeden Fall bei Sonnenaufgang zurück.«

»Und versprechen Sie mir, bei Ihrer Ehre, daß Sie, wenn diese Grille vorüber und die Käfergeschichte (großer Gott!) zu Ihrer Zufriedenheit erledigt ist, nach Hause zurückkehren und meine Anweisungen, wie die eines Arztes, ohne Widerrede befolgen werden?«

»Ja, das verspreche ich; doch nun lassen Sie uns aufbrechen, wir haben keine Zeit zu verlieren.«

Schweren Herzens begleitete ich meine Freunde. Gegen vier Uhr machten wir uns auf den Weg, Legrand, Jupiter, der Hund und ich. Jupiter trug die Sense und die Spaten – er bestand darauf, alles allein zu tragen –, und zwar mehr aus Furcht, wollte mir scheinen, daß diese Geräte in Reichweite seines Herrn kommen könnten, als aus übergroßem Diensteifer oder Gefälligkeit. Sein Betragen war äußerst störrisch, und »der verd ... Käfer« waren die einzigen Worte, die während des ganzen Marsches über seine Lippen kamen. Was mich betraf, so hatte ich mir ein paar Blendlaternen aufgeladen, während Legrand sich mit dem Skarabäus begnügte, den er an ein Ende Peitschenschnur gebunden hatte und im Gehen mit der Miene eines Geisterbeschwörers hin und her schwenkte. Als ich diesen letzten, deutlichen Beweis der Geistesverwirrung meines Freundes wahrnahm, konnte ich mich der Tränen kaum enthalten. Doch schien es mir das beste, jedenfalls für den Augenblick, seiner Laune nachzugeben, oder doch so lange, bis ich energischere und erfolgversprechendere Maßnahmen würde ergreifen können. Inzwischen bemühte ich mich, jedoch ganz vergeblich, den Zweck dieser Expedition herauszubekommen. Nachdem er mich dazu gebracht hatte, ihn zu begleiten, schien er nicht gewillt zu sein, sich auf irgendein Thema von geringerer Wichtigkeit einzulassen, und würdigte alle meine Fragen keiner anderen Antwort als eines: »Wir werden sehen!«

Wir überquerten den Meeresarm an der Spitze der Insel mit einem Boot, und nachdem wir die Höhen am Ufer des Festlands erstiegen hatten, zogen wir in nordwestlicher Richtung weiter, durch eine äußerst wilde und trostlose Landschaft, wo nirgends die Spur eines menschlichen Fußes zu sehen war. Legrand schritt entschlossen voran; nur hier und da hielt er für einen Moment inne, um gewisse Markierungen, die er offenbar selbst bei früherer Gelegenheit angebracht hatte, zu Rate zu ziehen.

Auf diese Weise setzten wir unsere Wanderung etwa zwei Stunden lang fort, und die Sonne ging eben unter, als wir in eine Gegend kamen, die noch weit öder war als alle, die wir bisher gesehen hatten. Es war eine Art Hochebene, nahe dem Gipfel eines fast unzugänglichen Berges, der vom Fuß bis zur Spitze dicht bewaldet und mit riesigen Felsblöcken übersät war, die lose auf dem Erdboden aufzuliegen schienen und in vielen Fällen nur deshalb nicht in die Täler hinabstürzten, weil sie von den Bäumen, gegen die sie sich lehnten, gestützt wurden. Tiefe, in verschiedene Richtungen verlaufende Schluchten verliehen der Landschaft eine noch strengere Feierlichkeit.

Die natürliche Plattform, die wir erklommen hatten, war dicht mit Dornensträuchern überwachsen, durch die, wie wir bald erkannten, allein die Sense einen Weg bahnen konnte; so ging Jupiter auf Geheiß seines Herrn daran, einen Pfad bis zum Fuß eines ungeheuer hohen Tulpenbaums zu ebnen, der zusammen mit acht oder zehn Eichen auf der Höhe stand und sie alle – und alle anderen Bäume, die ich je gesehen hatte – an Schönheit des Laubwerks und der Gestalt, an breitausladenden Ästen und an Majestät der Erscheinung weit übertraf. Als wir diesen Baum erreichten, wandte sich Legrand an Jupiter und fragte ihn, ob er es sich zutraue, da hinaufzuklettern. Diese Frage schien den alten Mann ein wenig zu verblüffen, und ein paar Augenblicke lang gab er keine Antwort. Schließlich näherte er sich dem mächtigen Stamm, schritt langsam um ihn herum und prüfte ihn eingehend. Als er seine Untersuchung beendet hatte, sagte er bloß:

»Ja, Massa, Jup klettert auf jeden Baum, den er je gesehn im Lebn.«

»Dann so schnell wie möglich hinauf mit dir, denn bald wird es für das, was wir vorhaben, zu dunkel sein.«

»Wie weit muß ich rauf, Massa?« fragte Jupiter.

»Klettere zuerst den Stamm hinauf, und dann sage ich dir, wie's weitergeht – und hier – halt! Nimm den Käfer mit.«

»Den Käfer, Massa Will! Den Goldkäfer?« schrie der Neger, entsetzt zurückweichend, »wozu muß 'n Käfer mit auf den Baum – will verd... sein, wenn ich's tu!«

»Wenn du Angst hast, Jupiter, so ein großer starker Neger wie du, einen harmlosen kleinen toten Käfer anzufassen, dann kannst du ihn ja an dieser Schnur halten – wenn du ihn aber nicht irgendwie mit hinaufnimmst, werde ich gezwungen sein, dir mit dieser Schaufel hier den Schädel einzuschlagen.«

»Was is 'n nu los, Massa?« sagte Jupiter, offenbar beschämt und zum Einlenken bereit, »immer mit 'm alten Nigger gleich Krach anfangen! War doch nur Spaß. Ich un' Angst vor dem Käfer da? Was schert mich der Käfer?« Und dabei ergriff er vorsichtig das äußerste Ende der Schnur, und das Insekt so weit wie möglich von seinem Körper fernhaltend, machte er sich bereit, den Baum zu erklettern.

In der Jugend hat der Tulpenbaum oder *Liriodendron tulipiferum*, der prächtigste der amerikanischen Waldbäume, einen merkwürdig glatten Stamm und erreicht oft ohne Seitenäste eine beträchtliche Höhe; doch in reiferem Alter wird die Rinde knorrig und rissig, und viele kurze Äste wachsen aus dem Stamm heraus. So war hier der Aufstieg gar nicht so schwierig. Indem Jupiter die gewaltige Säule so eng wie möglich mit Armen und Knien umschlang und mit seinen Händen nach Vorsprüngen griff, während sich seine nackten Zehen gegen andere stemmten, schwang er sich, nachdem er ein- oder zweimal beinahe heruntergestürzt wäre, endlich in die erste große Gabelung empor und schien damit die Sache im wesentlichen als beendet anzusehen. Das eigentliche Wagnis war nun tatsächlich vorbei, obwohl sich der Kletterer etwa sechzig oder siebzig Fuß über dem Erdboden befand.

»Was jetzt, Massa?« fragte er.

»Halte dich an den größten Ast – den auf dieser Seite«, sagte Legrand. Der Neger gehorchte sofort, und offenbar ohne große Mühe stieg er höher und höher, bis durch das dichte Laubwerk, das ihn umhüllte, von seiner gedrungenen Gestalt nichts mehr zu sehen war. Jetzt hörte man seine Stimme rufen:

»Wie weit soll ich noch rauf?«

»Wie hoch bist du denn?«

»Sooo weit«, antwortete der Neger, »kann 'n Himmel sehn obn durch 'n Baum.«

»Laß den Himmel Himmel sein und achte auf das, was ich sage. Sieh am Stamm hinunter und zähle die Äste unter dir auf dieser Seite. An wievielen Ästen bist du schon vorbei?«

»Eins, zwei, drei, vier, fümf – bin vorbei an fümf großen Ästen, Massa, auf dieser Seite.«

»Dann geh einen Ast höher.«

Nach ein paar Minuten hörte man seine Stimme wieder, mit der Meldung, der siebte Ast sei erreicht.

»Nun, Jup«, rief Legrand, sichtlich sehr aufgeregt, »nun möchte ich, daß du auf diesem Ast so weit wie möglich hinauskletterst. Wenn du etwas Merkwürdiges siehst, laß es mich wissen.«

Hätte ich zu diesem Zeitpunkt auch nur noch ein klein wenig an der Verrücktheit meines Freundes gezweifelt, so wäre es damit jetzt endgültig vorbei gewesen. Es blieb mir nichts anderes übrig, als ihn für wahnsinnig zu halten, und ich machte mir nun ernsthaft Sorgen, wie ich ihn nach Hause bringen sollte. Während ich noch hin und her überlegte, was am besten zu tun sei, hörte man wieder Jupiters Stimme.

»Hab große Angst, mich auf diesem Ast weit vorzuwagn – ist fast ganz tot, dieser Ast.«

»Hast du gesagt, es sei ein *toter* Ast?« schrie Legrand mit zitternder Stimme.

»Ja, Massa, is mausetot – is hin, ganz sicher – da is kein Leben mehr nich drin.«

»Was um Himmels willen soll ich tun?« rief Legrand, anscheinend in größter Not.

»Tun!?« sagte ich, froh über die Gelegenheit, ein Wort einwerfen zu können, »ganz einfach: Sie kommen mit nach Hause und legen sich ins Bett. Kommen Sie jetzt! Seien Sie vernünftig. Es wird spät, und dann, denken Sie an Ihr Versprechen.«

»Jupiter!« schrie er, ohne mich im geringsten zu beachten, »hörst du mich?«

»Ja, Massa Will, hör so deutlich wie eh.«

»Dann untersuche das Holz gut mit deinem Messer und sieh, ob es dir *sehr* morsch vorkommt.«

»Is morsch, Massa, ganz bestimmt«, erwiderte der Neger nach ein paar Augenblicken, »aber nich so morsch, wie 's könnt sein. Könnt mich noch 'n Stück weit auf 'm Ast allein langwagen, das is wahr.«

»Allein – was meinst du damit?«

»Na, ich mein den Käfer. Is 'n *sehr* schwerer Käfer. Ich wern wohl mal runterfalln lassen, un dann wird der Ast nich brechn mit 'm Gewicht von nem Nigger.«

»Du infamer Schuft!« schrie Legrand, offensichtlich sehr erleichtert, »was redest du da für einen

Unsinn? Eins ist sicher: Wenn du den Käfer fallen läßt, breche ich dir das Genick. Paß auf, Jupiter! Hörst du mich?«

»Ja, Massa, brauchn nen armen Nigger nich so anschrein.«

»Schon gut! Also hör zu! Wenn du dich auf dem Ast so weit hinauswagst, wie es deiner Meinung nach ohne Gefahr geht, und dabei den Käfer nicht fallenläßt, schenke ich dir einen Silberdollar, sobald du wieder unten bist.«

»Geh ja schon, Massa Will – wirklich«, antwortete der Neger prompt – »bin fast ganz am Ende jetzt.«

»Am Ende?!« brüllte Legrand nun geradezu, »willst du damit sagen, daß du am äußersten Ende jenes Astes bist?«

»Gleich am Ende, Massa – oh – oh – oh – oh! Gott steh mir bei! Was is das hier auf 'm Baum?«

»Nun!« schrie Legrand hocherfreut, »was ist es?«

»Na, nichts weiter, nur ein Schädel – hat jemand sein Kopf auf 'm Baum liegen lassen – und die Krähn ham jedes bißchen Fleisch weggepickt.«

»Ein Schädel, sagst du? – sehr schön! – wie ist er an dem Ast befestigt? – was hält ihn?«

»Schon gut, Massa, muß nachsehn. Nanu, das is ne komische Sache, mein Wort – da is 'n großer dicker Nagel im Schädel, hält ihn fest am Baum.«

»Gut, Jupiter, tu genau, was ich dir sage – hörst du?«

»Ja, Massa.«

»Also, paß auf! Suche das linke Auge des Schädels.«

»Hm! Hoo! Das is gut! Wenn gar kein Auge nich dran is!«

»Verfluchter Dummkopf! Weißt du, wo bei deinen Händen rechts und links ist?«

»Ja, weiß ich – weiß ich alles – is meine linke Hand, mit der ich Holz hack.«

»Richtig! Du bist Linkshänder; und dein linkes Auge ist auf derselben Seite wie deine linke Hand. Ich denke, jetzt kannst du das linke Auge des Schädels finden, oder die Stelle, wo das linke Auge war. Hast du's gefunden?«

Hier entstand eine lange Pause. Endlich fragte der Neger: »Is das linke Auge vom Schädel auch auf der gleichen Seite wie die linke Hand vom Schädel? Aber der Schädel hat kein bißchen Hand mehr – egal! Ich hab 's linke Aug jetzt – hier isses! Was soll ich damit machn?«

»Laß den Käfer hindurchfallen, soweit die Schnur reicht – aber paß auf, daß du die Schnur nicht losläßt.«

»Alles gemacht, Massa Will; is mächtig leicht, den Käfer durchs Loch zu steckn – sehn Sie mal rauf, von da untn!«

Während dieses Zwiegesprächs war von Jupiter nicht das geringste zu sehen; doch der Käfer, den er herabgelassen hatte, baumelte am Ende der Schnur, und in den letzten Strahlen der untergehenden

Sonne, von denen einige die Anhöhe, auf der wir standen, noch schwach beschienen, glitzerte er wie eine Kugel aus poliertem Gold. Der Skarabäus hing frei von Zweigen, und hätte man ihn losgelassen, wäre er vor unsere Füße gefallen. Legrand ergriff sofort die Sense und machte einen runden Platz von drei oder vier Fuß Durchmesser frei, gerade unterhalb des Insekts; nachdem er damit fertig war, befahl er Jupiter, die Schnur loszulassen und vom Baum herabzusteigen.

Nachdem mein Freund mit großer Genauigkeit an dem Punkt einen Pflock in die Erde getrieben hatte, an dem der Käfer niedergefallen war, zog er ein Maßband aus der Tasche. Dann befestigte er es mit einem Ende an jener Stelle des Baumstamms, die dem Pflock am nächsten war, rollte das Band auf, bis es den Pflock erreicht hatte, und von da an noch fünfzig Fuß weiter in der Richtung, die von den beiden Punkten Baum und Pflock vorgegeben war; Jupiter entfernte unterdessen mit der Sense das Dornengestrüpp. An dem so erreichten Punkt wurde ein zweiter Pflock eingetrieben, und um diesen, als Zentrum, beschrieb man einen ungefähren Kreis im Durchmesser von etwa vier Fuß. Nun nahm Legrand selbst einen Spaten, teilte uns ebenfalls je einen aus und bat uns, so rasch wie möglich mit dem Graben zu beginnen.

Um die Wahrheit zu sagen, habe ich an derlei Vergnügungen noch nie einen besonderen Geschmack gefunden, und gerade in diesem Augenblick hätte ich herzlich gern darauf verzichtet, denn die Nacht brach herein, und ich fühlte mich nach den bereits durchgemachten Strapazen ziemlich erschöpft. Doch sah ich keinen Ausweg und fürchtete, durch eine Weigerung meinen Freund aus seinem seelischen Gleichgewicht zu bringen. Hätte ich mich auf Jupiters Hilfe verlassen können, hätte ich sofort den Versuch gewagt, den Wahnsinnigen mit Gewalt nach Hause zu bringen; doch kannte ich die Gesinnung des alten Negers zu gut, um hoffen zu können, daß er mir, unter welchen Umständen auch immer, in einem persönlichen Streit mit seinem Herrn beistehen würde. Ich zweifelte nicht daran, daß dieser von einer der zahllosen abergläubischen Vorstellungen des Südens von vergrabenem Gold angesteckt worden war, und daß dieser Wahn durch den Fund des Skarabäus, vielleicht auch durch Jupiters hartnäckige Behauptung, es sei »ein Käfer aus echtem Gold«, bestätigt worden war. Ein zu Phantastereien neigendes Gemüt kann durch solche Suggestionen leicht irregeführt werden, besonders, wenn sie mit vorgefaßten Lieblingsideen in Einklang zu bringen waren; und dann rief ich mir die Worte des armen Kerls ins Gedächtnis zurück, der Käfer sei »der Wegweiser zu seinem Glück«. Alles in allem war ich sehr betrübt und in großer Verwirrung; doch schließlich beschloß ich, aus der Not eine Tugend zu machen, nämlich gutwillig zu graben und so den Träumer durch den Augenschein von der Haltlosigkeit seiner Ansichten um so schneller zu überzeugen.

Die Laternen wurden angezündet, und wir machten uns alle mit einem Eifer an die Arbeit, der einer vernünftigeren Sache würdiger gewesen wäre; und als der Lichtschein so auf uns und unsere Werkzeuge fiel, kam mir der Gedanke, was für eine malerische Gruppe wir bildeten und wie seltsam und verdächtig unsere Arbeit einem Eindringling hätte vorkommen müssen, der durch Zufall des Weges gekommen wäre.

Zwei Stunden gruben wir fast ohne innezuhalten. Gesprochen wurde wenig; am meisten störte uns das Gekläff des Hundes, der für unser Tun das größte Interesse zeigte. Schließlich wurde er so laut, daß wir befürchteten, er könnte die Aufmerksamkeit von irgendwelchen Vagabunden in der Gegend auf uns lenken – oder vielmehr war das die Befürchtung von Legrand. Was mich betraf, so hätte ich mich über jegliche Art von Unterbrechung gefreut, die es mir ermöglicht hätte, den Ruhelosen nach Hause zu bekommen. Endlich wurde der Lärm sehr entschieden durch Jupiter zum Schweigen gebracht, der mit einer Miene verbissener Entschlossenheit aus der Grube stieg, dem Tier mit einem seiner Hosenträger das Maul zuband und unter vergnügtem Glucksen zu seiner Arbeit zurückkehrte.

Als die genannte Zeit verstrichen war, hatten wir eine Tiefe von fünf Fuß erreicht, aber nichts deutete auf einen Schatz hin. Eine längere Pause trat ein, und ich hegte schon die Hoffnung, daß diese Posse nun ein Ende haben würde. Aber Legrand, obgleich sichtlich verstört, wischte sich nachdenklich über die Stirn und begann von neuem. Wir hatten den ganzen Kreis von vier Meter Durchmesser ausgehoben, und nun schoben wir die Grenzlinie leicht nach außen und gruben noch zwei Fuß tiefer. Immer noch nichts zu sehen. Der Goldsucher, den ich aufrichtig bedauerte, kletterte schließlich, in allen seinen Zügen bitterste Enttäuschung, aus der Grube und ging langsam und sichtlich widerstrebend daran, den Rock, den er zu Beginn seiner Arbeit abgelegt hatte, wieder anzuziehen. Ich enthielt mich währenddessen jeglicher Bemerkung. Auf ein Zeichen seines Herrn begann Jupiter die Werkzeuge einzusammeln. Als das geschehen und der Hund von seinem Maulkorb befreit war, machten wir uns in tiefem Schweigen auf den Heimweg.

Wir hatten vielleicht zwei Dutzend Schritte in dieser Richtung getan, als Legrand mit einem lauten Fluch auf Jupiter losging und ihn am Kragen packte. Der erstaunte Neger riß Augen und Mund so weit auf, wie es ging, ließ die Spaten fallen und sank in die Knie.

»Du Schuft«, sagte Legrand, wobei er die Silben zwischen seinen Zähnen hervorzischte, »du infamer schwarzer Schuft! – sprich, sag ich dir! – antworte mir auf der Stelle und ohne Ausflüchte! – welches – welches ist dein linkes Auge?«

»O Gott, o Gott, Massa Will! Is nich dies hier mein linkes Auge, ganz sicher?« brüllte der zu Tode erschrockene Jupiter und legte seine Hand auf sein rechtes Sehorgan und ließ sie dort mit verzweifelter Ausdauer liegen, als fürchte er, sein Herr werde es ihm im nächsten Augenblick herausreißen.

»Dacht' ich mir's doch! Wußt' ich's doch! Hurrah!« schrie Legrand, ließ den Neger los und vollführte eine Reihe von Luftsprüngen und Tänzen, zum großen Erstaunen seines Dieners, der sich von seinen Knien erhob und stumm von seinem Herrn zu mir und von mir zu seinem Herrn blickte.

»Kommt, wir müssen umkehren«, sagte Legrand, »das Spiel ist noch nicht aus«, und er schlug wieder den Weg zum Tulpenbaum ein.

»Jupiter«, befahl er, als wir dessen Fuß erreicht hatten, »komm her! War der Schädel mit dem Gesicht nach außen an den Ast genagelt, oder war es dem Baum zugewandt?«

»Das Gesicht nach außen, Massa, so daß die Krähen gut an die Augn konnten, ohne Mühe.«

»Ja, gut, und durch welches Auge hast du den Käfer fallen lassen, durch dies oder durch dies? – hier berührte Legrand erst das eine und dann das andere von Jupiters Augen.

»Dies Auge war's, Massa – linkes Auge – genau wie Sie gesagt habn«, und damit zeigte der Neger auf sein *rechtes* Auge.

»Das genügt, wir müssen es noch einmal versuchen.«

Hier versetzte mein Freund, in dessen Wahnsinn ich nun gewisse Anzeichen von Methode sah oder zu sehen glaubte, den Pflock, der die Stelle markierte, an der der Käfer herabgefallen war, um etwa drei Zoll in westlicher Richtung. Als er jetzt das Maßband wie zuvor vom Stamm bis zum Pflock und von da in gerader Linie fünfzig Fuß weit spannte, zeigte es einen Punkt an, der von dem ersten, an dem wir gegraben hatten, mehrere Yards entfernt lag.

Um diese neue Position wurde nun ein etwas größerer Kreis beschrieben als das erste Mal, und wieder machten wir uns mit den Spaten an die Arbeit.

Ich war fürchterlich müde; doch obgleich ich kaum begriff, was den Umschwung in meinem Denken bewirkt haben konnte, empfand ich dennoch keinen großen Widerwillen mehr gegen die mir auferlegte Arbeit. Ohne daß ich es erklären konnte, war ich interessiert, ja sogar erregt. Vielleicht gab es an Legrand, trotz seines überspannten Benehmens, so etwas wie Vorbedacht oder Überlegung, das mir Eindruck machte. Ich grub eifrig, und hin und wieder ertappte ich mich tatsächlich dabei, wie ich fast schon erwartungsvoll nach dem erträumten Schatz Ausschau hielt, jenem Schatz, dessen Gaukelbild meinen unglücklichen Gefährten um den Verstand gebracht hatte. Als solch wunderliche Gedanken mich bereits ganz beherrschten und wir etwa anderthalb Stunden gearbeitet hatten, wurden wir abermals von dem heftigen Geheul des Hundes unterbrochen. War seine Unruhe beim ersten Mal offensichtlich mit Verspieltheit oder Laune zu erklären gewesen, so klang der Ton nun bitterernst. Bei Jupiters erneutem Versuch, ihm die Schnauze zuzubinden, leistete er wütenden Widerstand, sprang in das Loch und scharrte den Boden wie rasend mit seinen Pfoten auf. In wenigen Sekunden hatte er einen Haufen menschlicher Knochen aufgedeckt, die zwei vollständige Skelette bildeten, vermengt mit einigen Metallknöpfen und etwas, das aussah wie der Staub von vermoderter Wolle. Ein, zwei Spatenstiche förderten die Klinge eines großen spanischen Messers zutage, und als wir weiter gruben, kamen drei oder vier verstreute Gold- und Silbermünzen ans Licht.

Bei deren Anblick wußte Jupiter sich vor Freude kaum zu fassen, die Miene seines Herrn jedoch drückte äußerste Enttäuschung aus. Er drängte uns jedoch, unsere Bemühungen fortzusetzen, und die Aufforderung war kaum ausgesprochen, als ich stolperte und vornüberfiel. Meine Stiefelspitzen hatten sich in einem großen Eisenring verfangen, der halb verdeckt in der losen Erde lag.

Nun arbeiteten wir voller Eifer weiter, und niemals habe ich zehn derart aufregende Minuten erlebt. Während dieser Zeit hatten wir eine längliche Kiste aus Holz völlig freigelegt, die, nach ihrer vollkommenen Erhaltung und wunderbaren Härte zu schließen, augenscheinlich völlig versteinert war

– vielleicht durch Quecksilberbichlorid. Die Kiste war dreieinhalb Fuß lang, drei Fuß breit und zweieinhalb Fuß hoch. Sie war durch vernietete, schmiedeeiserne Bänder, die sie wie ein Flechtwerk umgaben, fest verschlossen. Auf jeder Seite der Kiste, nahe dem Deckel, befanden sich drei Eisenringe – im ganzen sechs –, so daß sechs Personen sie gut fassen konnten. Mit äußerster gemeinsamer Anstrengung gelang es uns lediglich, den Kasten ganz leicht in seiner Lage zu verändern. Wir sahen sofort die Unmöglichkeit, ein derartiges Gewicht von der Stelle zu bringen. Glücklicherweise bestand der einzige Verschluß des Deckels nur aus zwei Riegeln. Diese schoben wir zurück – zitternd und keuchend vor Begierde. Im nächsten Augenblick lag ein gleißender Schatz von unermeßlichem Wert vor uns. Als die Strahlen der Laternen in die Grube fielen, blitzte von einem wirren Haufen von Gold und Juwelen ein Glühen und Glitzern herauf, welches unsere Augen vollkommen blendete.

Ich will gar nicht erst versuchen, die Empfindungen zu beschreiben, mit denen ich hinabstarrte. Dabei überwog natürlich äußerstes Erstaunen. Legrand schien vor Aufregung völlig ermattet und sprach nur wenig. Jupiters Gesicht war einige Minuten lang so bleich, wie es das Gesicht eines Negers von Natur aus nur irgend sein konnte. Er schien betäubt – wie vom Donner gerührt. Dann sank er in der Grube auf die Knie, tauchte seine nackten Arme bis zu den Ellbogen in das Gold und ließ sie darin ruhen, als genieße er die Wollust eines Bades. Schließlich rief er mit einem tiefen Seufzer und wie in einem Selbstgespräch aus:

»Un das alls kommt von dem Goldkäfer! Dem hübschen Goldkäfer! Dem armen kleinen Goldkäfer, den ich so wild beschimpft hab'! Schäms' dich nich, Nigger? Sag mir das!«

Es wurde endlich nötig, Herrn und Diener daran zu mahnen, den Schatz fortzuschaffen. Es war spät geworden, und wir mußten uns beeilen, wenn wir noch vor Tagesanbruch alles in Sicherheit bringen wollten. Es war schwer zu sagen, was getan werden sollte, und wir verloren durch Überlegen viel Zeit, so verwirrt waren all unsere Gedanken. Endlich erleichterten wir die Kiste, indem wir zwei Drittel ihres Inhalts herausnahmen, worauf es uns gelang, sie unter einiger Mühe aus der Grube zu heben. Die herausgenommenen Gegenstände legten wir unter das Dornengestrüpp und ließen zur Bewachung den Hund zurück, dem Jupiter den strengen Befehl erteilte, sich unter keinen Umständen vom Fleck zu rühren, noch, bis wir zurück wären, einen Laut von sich zu geben. Dann machten wir uns mit der Kiste in aller Eile auf den Heimweg und erreichten sicher, wenn auch unter ungeheurer Mühe, um ein Uhr die Hütte. Erschöpft, wie wir waren, verbot es die menschliche Natur, sogleich eine neue Arbeit aufzunehmen. Wir ruhten bis zwei Uhr aus und aßen zur Nacht; gleich danach machten wir uns wieder zu den Hügeln auf, versehen mit drei groben Säcken, die sich glücklicherweise in der Hütte fanden. Kurz vor vier Uhr langten wir bei der Grube an, verteilten so gleichmäßig wie möglich den Rest der Beute unter uns, ließen die Löcher offen und machten uns wieder nach der Hütte auf, wo wir zum zweiten Mal unsere goldene Last abluden, als eben die ersten Streifen der Morgenröte im Osten über den Baumwipfeln erglühten.

Wir waren nun völlig erschöpft; doch die starke innere Erregung gönnte uns keine Ruhe. Nach einem unruhigen Schlummer von drei oder vier Stunden erhoben wir uns wie auf Verabredung, um unseren Schatz zu besichtigen.

Die Kiste war randvoll gewesen, und wir verbrachten den ganzen Tag und den größten Teil der Nacht mit einer genauen Untersuchung ihres Inhalts. Keine Spur von einer Ordnung oder Einteilung. Alles lag bunt durcheinander. Nachdem wir alles sorgfältig sortiert hatten, sahen wir uns im Besitz eines noch weit größeren Reichtums, als wir anfänglich angenommen hatten. An Münzen waren mehr als vierhundertfünfzigtausend Dollar vorhanden – wobei wir den Wert der Stücke so genau wie möglich nach dem derzeitigen Kurs abschätzten. Nicht ein Stück Silber war darunter. Alles war Gold aus einer längst vergangenen Epoche und von unterschiedlichstem Gepräge – französisches, spanisches und deutsches Geld, ferner einige englische Guineen und ein paar Münzen, wie wir sie zuvor noch nie gesehen hatten. Mehrere Stücke waren groß und schwer und so abgegriffen, daß wir ihre Inschrift nicht entziffern konnten. Amerikanisches Geld war nicht dabei. Den Wert der Juwelen einzuschätzen, bereitete uns größere Mühe. Es gab da Diamanten, im ganzen einhundertzehn, einige davon außerordentlich groß und schön und nicht ein kleiner darunter; achtzehn Rubine von bemerkenswertem Feuer; dreihundertundzehn Smaragde, alle sehr schön; einundzwanzig Saphire nebst einem Opal. Alle diese Steine waren aus ihren Fassungen gebrochen und lose in die Kiste geworfen worden. Die Fassungen selbst, die wir unter dem anderen Gold hervorzogen, schien man mit einem Hammer zerschlagen zu haben, wohl, um ihre Wiedererkennung unmöglich zu machen. Neben alledem gab es eine Menge Schmuck aus Gold; nahezu zweihundert massive Finger- und Ohrringe; reiche Ketten, dreißig an der Zahl, wenn ich mich recht entsinne; dreiundachtzig sehr große und schwere Kruzifixe; fünf goldene Weihrauchfässer von großem Wert; eine riesige große Punschschale, reich verziert mit getriebenem Weinlaub und bacchantischen Gestalten; sodann zwei erlesene ziselierte Schwertgriffe und noch viele andere kleinere Gegenstände, an die ich mich nicht mehr erinnern kann. Das Gewicht dieser Kostbarkeiten betrug mehr als dreihundertfünfzig Pfund; und in dieser Schätzung habe ich noch nicht hundertsiebenundneunzig prächtige Uhren berücksichtigt, von denen drei einen Wert von je fünfhundert Dollar hatten. Viele von ihnen waren sehr alt und als Zeitmesser wertlos, denn die Werke waren mehr oder minder vom Rost zerfressen; aber alle waren sie reich mit Juwelen ausgestattet und steckten in Gehäusen von großem Wert. In jener Nacht schätzten wir den gesamten Inhalt der Kiste auf anderthalb Millionen Dollar; und bei dem späteren Verkauf der Schmuckstücke und Juwelen (ein paar behielten wir für den eigenen Gebrauch) erwies es sich, daß wir den Wert des Schatzes noch weit unterschätzt hatten.

Als wir endlich mit unserer Durchsicht fertig waren und die außerordentliche Erregung jener Stunden sich einigermaßen gelegt hatte, begann Legrand, da er sah, wie ich vor Ungeduld nach der Lösung dieses höchst ungewöhnlichen Rätsels verging, mit einer ausführlichen Erläuterung aller damit verbundenen Umstände.

»Sie entsinnen sich des Abends«, sagte er, »als ich Ihnen jene flüchtige Skizze reichte, die ich von dem Skarabäus gemacht hatte. Sie erinnern sich auch, daß ich ziemlich ärgerlich wurde, als Sie darauf beharrten, meine Zeichnung sehe aus wie ein Totenkopf. Als Sie beim ersten Mal diese Behauptung äußerten, dachte ich, es wäre ein Scherz; doch dann rief ich mir die merkwürdigen Punkte auf dem Rücken des Insekts ins Gedächtnis, und ich mußte mir eingestehen, daß Ihre Bemerkung nicht ganz unberechtigt war. Ihr Spott über meine zeichnerischen Fähigkeiten ärgerte mich jedoch, denn ich gelte als ein guter Zeichner, und deshalb war ich nahe daran, den Fetzen Pergament, als Sie ihn mir zurückgegeben hatten, zusammenzuknüllen und zornig ins Feuer zu werfen.«

»Den Fetzen Papier, meinen Sie«, sagte ich.

»Nein. Es sah zwar ähnlich aus wie Papier, und für das hielt ich es anfänglich auch. Aber als ich darauf zu zeichnen begann, entdeckte ich sogleich, daß es ein Stück sehr dünnes Pergament war. Es war ziemlich schmutzig, wie Sie sich erinnern. Nun, und gerade, als ich es zerknüllen wollte, fiel mein Blick auf die Skizze, die Sie betrachtet hatten, und Sie können sich mein Erstaunen vorstellen, als ich in der Tat an jener Stelle, wo ich den Käfer gezeichnet zu haben glaubte, einen Totenkopf sah. Einen Augenblick lang war ich zu verblüfft, um klar denken zu können. Ich wußte, daß meine Zeichnung in den Einzelheiten von dieser abwich, obwohl im allgemeinen Umriß eine gewisse Ähnlichkeit vorhanden war. Daraufhin ergriff ich eine Kerze, setzte mich an das andere Ende des Raums und unterzog das Pergament einer eingehenden Prüfung. Ich wandte es um und sah auf der Rückseite meine eigene Skizze, genau so, wie ich sie gemacht hatte. Meine erste Regung war schieres Erstaunen über die wirklich bemerkenswerte Ähnlichkeit des Umrisses – über den seltsamen Zufall, der in der Tatsache lag, daß, ohne daß ich davon wußte, gerade unter meiner Zeichnung des Skarabäus, auf der anderen Seite des Pergaments, ein Totenkopf gewesen sein sollte, und daß dieser Totenkopf nicht nur vom Umriß, sondern auch von der Größe her meiner Zeichnung so stark glich. Ich sage, daß die Seltsamkeit dieses Zusammentreffens mich eine Zeitlang völlig verblüffte. Das ist die gewöhnliche Wirkung solcher Zufälle. Der Geist müht sich ab, eine Verbindung herzustellen, eine Folge von Ursache und Wirkung, und da er das nicht schafft, erleidet er so etwas wie eine kurzfristige Lähmung. Doch als ich mich von dieser Betäubung erholt hatte, kam ich allmählich zu einer Überzeugung, die mich noch mehr bestürzte als dieser Zufall. Ich begann mich deutlich, ja mit aller Bestimmtheit daran zu erinnern, daß auf dem Pergament, als ich meine Skizze des Skarabäus anfertigte, *keine* Zeichnung gewesen war. Ich war mir dessen völlig sicher. Denn ich erinnerte mich, daß ich, auf der Suche nach der saubersten Stelle, zuerst die eine und dann die andere Seite nach oben gewendet hatte. Wäre der Totenkopf schon vorher vorhanden gewesen, so hätte ich ihn unbedingt bemerkt. Hier verbarg sich nun in der Tat ein Geheimnis, das zu erklären ich mich nicht in der Lage fühlte. Doch schon damals begann in den entferntesten und geheimsten Kammern meines Bewußtseins glühwürmchengleich eine Vorstellung jener Wahrheit aufzuschimmern, die durch das Abenteuer der letzten Nacht eine so glanzvolle Bestätigung erfuhr. Ich erhob mich sofort, tat das Pergament unter Verschluß und verschob alles weitere Nachdenken, bis ich alleine wäre.

Als Sie gegangen waren und Jupiter fest schlief, begann ich, die Angelegenheit methodischer zu untersuchen. Zuerst einmal führte ich mir die Art vor Augen, in der das Pergament in meinen Besitz gekommen war. Die Stelle, an der wir den Skarabäus fanden, lag an der Küste des Festlandes, etwa eine Meile östlich der Insel und nur wenig oberhalb der Hochwasserlinie. Als ich ihn fing, biß er mich so heftig, daß ich ihn fallenließ. Jupiter jedoch, mit der ihm eigenen Vorsicht, sah sich, bevor er nach dem Insekt griff, das auf ihn zugelaufen war, nach einem Blatt oder dergleichen um, womit er es packen könne. In diesem Moment fiel unser beider Blick auf einen Fetzen Pergament, den ich damals noch für Papier hielt. Es lag halb im Sand vergraben, nur eine Ecke schaute heraus. Nahe der Stelle, wo wir es fanden, sah ich die Überreste eines Bootsrumpfes, der früher einmal dem Beiboot eines Seglers gehört haben mußte. Das Wrack schien schon lange dort gelegen zu sein, denn die Ähnlichkeit mit Bootsrippen war kaum mehr zu erkennen.

Nun, Jupiter hob das Pergament auf, packte den Käfer hinein und gab ihn mir. Bald danach machten wir uns auf den Heimweg, und dabei trafen wir Leutnant G. Ich zeigte ihm das Insekt, und er bat mich, es ins Fort mitnehmen zu dürfen. Als ich meine Einwilligung gab, steckte er es sogleich in seine Westentasche, und zwar ohne das Pergament, das ich noch in der Hand hielt, während er das

Insekt prüfend betrachtete. Vielleicht fürchtete er, ich könnte meine Entscheidung rückgängig machen, und hielt es für besser, die Beute schnell in Sicherheit zu bringen – Sie kennen seine Begeisterung für alle mit der Naturgeschichte zusammenhängenden Dinge. Zur gleichen Zeit muß ich wohl, ohne mir dessen bewußt gewesen zu sein, das Pergament in meine eigene Tasche gesteckt haben.

Sie erinnern sich, daß ich an den Tisch trat, um eine Skizze des Käfers zu machen, an der üblichen Stelle aber kein Papier fand. Ich sah in der Schublade nach, und auch da war keins. Ich durchsuchte meine Taschen, in der Hoffnung, einen alten Brief zu finden – und da fiel mir das Pergament in die Hand. Ich schildere Ihnen deshalb all diese Einzelheiten, weil die Umstände, wie es in meinen Besitz kam, einen so außergewöhnlichen Eindruck auf mich gemacht haben.

Sie werden mich für einen Phantasten halten, daran zweifle ich nicht, doch hatte ich bereits eine Art *Zusammenhang* hergestellt. Ich hatte zwei Glieder einer langen Kette miteinander verbunden. Ein Boot lag an der Meeresküste, und nicht weit von dem Boot ein Pergament – *kein Papier* –, auf das ein Schädel gezeichnet war. Sie werden nun fragen: ›Aber wo ist da der Zusammenhang?‹ Darauf erwidere ich, daß der Schädel oder Totenkopf das wohlbekannte Zeichen der Piraten ist. Die Flagge mit dem Totenkopf wird in allen Gefechten gehißt.

Ich habe schon gesagt, daß der Fetzen von Pergament war und nicht aus Papier. Pergament ist dauerhaft, beinahe unverwüstlich. Belanglose Dinge werden selten dem Pergament anvertraut, zumal es sich zum Schreiben oder Zeichnen nicht halb so gut eignet wie Papier. Diese Überlegung wies auf eine Bedeutung, auf etwas Wichtiges an diesem Totenkopf hin. Ich versäumte auch nicht, der *Form* des Pergaments Beachtung zu schenken. Obwohl eine seiner Ecken durch irgendeinen Zufall zerstört worden war, konnte man doch sehen, daß seine Form ursprünglich länglich gewesen war. Es war gerade so ein Blatt, wie man es für ein Schriftstück gewählt haben mochte – für eine Aufzeichnung von etwas, das lange überliefert und sorgfältig aufbewahrt werden sollte.«

»Aber Sie sagen doch«, warf ich ein, »daß der Schädel *nicht* auf dem Pergament war, als Sie den Käfer zeichneten. Wie können Sie da einen Zusammenhang zwischen dem Boot und dem Schädel entdecken, da dieser doch, wie Sie selbst zugeben, zu einer späteren Zeit (Gott allein weiß, wie oder von wem) als Ihr Skarabäus gezeichnet worden sein muß?«

»Ah, darum dreht sich ja das ganze Geheimnis – obwohl mir in diesem Punkt die Lösung des Rätsels verhältnismäßig geringe Schwierigkeiten bereitete. Meine Schritte waren richtig und konnten nur ein einziges Ergebnis zeitigen. Ich überlegte zum Beispiel folgendermaßen: Als ich den Skarabäus zeichnete, war kein Schädel auf dem Pergament zu sehen. Nach Beendigung der Zeichnung gab ich sie Ihnen und behielt Sie genau im Auge, bis Sie sie mir zurückgaben. Folglich haben *Sie* den Schädel nicht gezeichnet, und sonst war niemand da, der dafür in Frage gekommen wäre. Also war er nicht von Menschenhand entstanden. Dennoch war er da.

Bei diesem Stand meiner Überlegungen versuchte ich mich jedes Umstandes zu erinnern, der in der fraglichen Zeit vorgefallen war – was mir auch vollkommen gelang. Das Wetter war kalt (o seltener und glücklicher Zufall!), und ein Feuer brannte im Kamin. Ich war von der Bewegung erhitzt und saß in der Nähe des Tisches. Sie aber hatten sich einen Stuhl dicht an den Kamin gezogen. Gerade, als ich Ihnen das Pergament in die Hand gab und Sie dabei waren, es zu betrachten, kam Wolf, der Neufundländer, herein und sprang an Ihren Schultern hoch. Mit der linken Hand streichelten Sie ihn und wehrten ihn ab, während Sie Ihre Rechte, die das Pergament hielt, untätig auf Ihren Knien liegen ließen, in unmittelbarer Nähe des Feuers. Einen Augenblick lang dachte ich, die Flamme habe es ergriffen, und ich wollte Sie schon warnen; aber bevor ich noch etwas sagen konnte, hatten Sie es schon weggezogen und waren in seine Betrachtung vertieft. Als ich all diese Umstände erwog, zweifelte ich keinen Augenblick mehr daran, daß es die *Hitze* war, die den Schädel auf dem Pergament ans Licht gebracht hatte. Sie wissen ja, daß es chemische Präparate gibt und schon vor undenklichen Zeiten gegeben hat, mit deren Hilfe es möglich ist, auf Papier so zu schreiben, daß die Buchstaben erst sichtbar werden, wenn man sie der Wärme aussetzt. Zaffer, in *aqua regia* gelöst, und mit der vierfachen Wassermenge seines Gewichts verdünnt, wird manchmal verwendet; das Ergebnis ist grüne Tinte. Wird Kobaltregulus in Salpetergeist gelöst, so ergibt es rote. Diese Farben verschwinden früher oder später, wenn sich das beschriebene Material abgekühlt hat, werden aber bei erneuter Erwärmung wieder sichtbar.

Nun untersuchte ich den Totenkopf mit aller Sorgfalt. Seine äußeren Linien – die Linien der Zeichnung nahe am Rand des Pergaments – waren bei weitem *deutlicher* als die anderen. Es war klar, daß die Wirkung der Wärme unvollkommen oder ungleichmäßig gewesen war. Sofort zündete ich ein Feuer an und setzte alle Teile des Pergaments einer glühenden Hitze aus. Anfangs bestand die Wirkung lediglich darin, die schwachen Linien des Schädels zu verstärken; doch als ich das Experiment fortsetzte, wurde in jener Ecke des Blatts, die der Stelle mit dem gezeichneten Totenkopf diagonal gegenüberlag, eine Figur sichtbar, die ich zuerst für eine Ziege hielt. Dann jedoch, bei näherer Betrachtung, erkannte ich, daß es ein Zicklein sein sollte.«

»Ha! Ha!« lachte ich, »gewiß habe ich kein Recht, Sie auszulachen – anderthalb Millionen Dollar sind schon eine ernstzunehmende Sache, darüber sollte man nicht spaßen –, aber Sie werden doch nicht etwa die Absicht haben, ein drittes Glied in Ihrer Kette einzuführen: Sie werden doch wohl keinen bestimmten Zusammenhang zwischen Ihren Piraten und einer Ziege finden? Wie Sie wissen, haben Piraten mit Ziegen nichts zu tun, die gehören ins Gebiet der Landwirtschaft.«

»Aber ich habe doch eben gesagt, daß die Figur *keine* Ziege darstellt.«

»Also gut, dann ein Zicklein – so ziemlich dasselbe.«

»So ziemlich, aber nicht ganz«, sagte Legrand. »Sie haben vielleicht von einem gewissen Kapitän Kidd* gehört. Ich sah in der Tierfigur sofort eine Art sinnbildliche Unterschrift. Ich sage ›Unterschrift‹, weil mir ihre Stellung auf dem Blatt diesen Gedanken nahelegte. Der Totenkopf in der diagonal gegenüberliegenden Ecke war dann aus demselben Grund so etwas wie ein Stempel oder Siegel. Doch nun war ich ziemlich am Ende, da alles übrige fehlte – der Hauptteil meines vermeintlichen Dokuments, nämlich der Text zu den Symbolen.«

»Ich nehme an, daß Sie zwischen Stempel und Unterschrift einen Brief zu finden hofften.«

»Irgend etwas in der Art. Jedenfalls hatte ich die unwiderstehliche Vorahnung eines großen, mir bald zuteil werdenden Glücks. Ich kann kaum sagen, warum. Vielleicht war es schließlich mehr

* William Kidd, Pirat, 1701 in London gehenkt. – Kid (engl.): Zicklein. (Anm. d. Übers.)

Wunsch als ein wirklicher Glaube. Aber wissen Sie, daß Jupiters albernes Gerede, der Käfer sei aus purem Gold, eine starke Wirkung auf meine Einbildungskraft ausübte? Und dann diese ganze Reihe von Zufällen und Übereinstimmungen – die waren doch sehr ungewöhnlich. Beachten Sie doch nur, welch reiner Zufall es war, daß diese Ereignisse gerade an dem einzigen Tag des ganzen Jahres eintraten, an dem es kühl genug war oder schien, um ein Feuer zu machen, und daß ich ohne das Feuer, oder ohne das Hereinkommen des Hundes gerade in jenem Augenblick, niemals den Totenkopf entdeckt hätte und also auch niemals in den Besitz des Schatzes gelangt wäre.«

»Aber fahren Sie doch fort – ich brenne vor Ungeduld.«

»Nun, Ihnen sind natürlich die vielen umlaufenden Geschichten zu Ohren gekommen – all diese herumschwirrenden Gerüchte von dem Geld, das Kidd und seine Gesellen irgendwo an der Atlantikküste vergraben haben sollen. Diese Gerüchte mußten irgendwie auf Wahrheit beruhen. Und daß sie sich so lange und so hartnäckig gehalten haben, konnte, so schien es mir, nur dem Umstand zu verdanken sein, daß der vergrabene Schatz noch immer in der Erde lag. Hätte Kidd seine Beute nur für eine bestimmte Zeit versteckt und später wieder geholt, wären die Gerüchte wohl kaum in so unveränderter Form auf uns gekommen. Beachten Sie, daß die Erzählungen alle von Schatzsuchern, nicht von Schatzfindern handeln. Hätte der Pirat sein Geld wieder an sich gebracht, so hätte es damit sein Bewenden gehabt. Meine Vermutung war nun, daß irgendein Zufall – etwa der Verlust eines Schriftstücks, das die genaue Stelle bezeichnete – ihn der Möglichkeit beraubt hatte, es wiederzufinden, und daß dieser Zufall seinen Gefolgsleuten bekannt geworden war, die sonst wohl nie etwas von einem verborgenen Schatz erfahren hätten; diese unternahmen dann ohne Anleitung vergebliche Versuche, an das Geld zu kommen, und setzten dadurch als erste jene Gerüchte in Umlauf, die heute allgemein verbreitet sind. Haben Sie jemals von einem bedeutenden Schatz gehört, der an der Küste gehoben worden wäre?«

»Nie.«

»Aber daß Kidd ein ungeheures Vermögen angehäuft hatte, ist wohlbekannt. Ich nahm daher als sicher an, daß die Erde es noch immer barg; und es wird Sie kaum überraschen, wenn ich Ihnen sage, daß ich eine an Gewißheit grenzende Hoffnung hegte, daß das auf so merkwürdige Weise gefundene Pergament den verlorengegangenen Bericht über den Ort des Verstecks enthalten könnte.«

»Aber wie gingen Sie nun vor?«

»Ich hielt das Pergament nochmals ans Feuer, nachdem ich dieses stärker angefacht hatte; doch es zeigte sich nichts. Nun kam mir der Gedanke, daß die Schmutzschicht etwas mit dem Mißerfolg zu tun haben könnte. Also wusch ich das Pergament sorgfältig ab, indem ich es mit warmem Wasser übergoß; nachdem ich das getan hatte, legte ich es in eine zinnerne Pfanne mit dem Schädel nach unten und stellte die Pfanne auf ein Becken mit glühender Holzkohle. Nach ein paar Minuten, als die Pfanne gründlich erhitzt war, nahm ich das Blatt heraus und fand es zu meiner unaussprechlichen Freude an mehreren Stellen gesprenkelt mit etwas, das aussah wie in Reihen geordnete Zeichen. Ich legte es noch einmal in die Pfanne und ließ es eine weitere Minute darin liegen. Als ich es dann herausnahm, sah das Ganze genau so aus, wie Sie es jetzt hier sehen.«

Damit legte mir Legrand das Pergament, nachdem er es abermals erhitzt hatte, zur Ansicht vor. Zwischen dem Totenkopf und der Ziege standen in unbeholfener Schrift mit roter Tinte die folgenden Zeichen:

53‡‡†305))6★;4826)4‡.)4‡);806★;48†Π60))85;
]8★:‡★8†83(88)5★†;46(;88★96★?;8)★‡(;485);5★†2:
★‡(;4956★2(5★–4)8Π8★;4069285);)6†8)4‡‡;1(‡9
;48081;8:8‡1;48†85;4)485†528806★81(‡9;48;(88;4
(‡?34;48)4‡;161;:188;‡?;

»Aber«, sagte ich und gab ihm das Blatt zurück, »ich tappe immer noch im dunkeln. Und würde man mir für die Lösung dieses Rätsels alle Juwelen von Golconda versprechen, ich würde sie mir nicht verdienen, dessen bin ich sicher.«

»Und doch«, sagte Legrand, »ist die Lösung keineswegs so schwierig, wie Sie bei einem flüchtigen Blick auf die Zeichen meinen könnten. Sie bilden, wie jeder leicht erraten dürfte, eine Geheimschrift, das heißt, sie ergeben einen Sinn. Doch nach allem, was von Kidd bekannt ist, kann ich ihm nicht die Fähigkeit zusprechen, verschlüsselte Texte von großer Schwierigkeit zu erfinden. Für mich war sofort klar, daß es sich hier um eine einfache Spielart handelt – doch immerhin derart, daß sie dem ungebildeten Matrosen ohne Schlüssel durchaus unlösbar erscheinen muß.«

»Und Sie haben sie wirklich entziffert?«

»Ohne weiteres; ich habe andere gelöst, die zehntausendmal verzwickter waren. Die Umstände und eine gewisse Neigung ließen mich an solchen Rätseln immer Interesse finden, und es darf mit Recht bezweifelt werden, ob menschlicher Scharfsinn ein Rätsel erfinden kann, das menschlicher Scharfsinn, bei einiger Anstrengung, nicht auch wieder zu lösen vermöchte. Und in der Tat, sobald ich zusammenhängende und leserliche Zeichen festgestellt hatte, machte ich mir wegen der Schwierigkeit, ihre Bedeutung zu enträtseln weiter keine Sorgen.

Im vorliegenden Fall – wie in allen Fällen von Geheimschriften – gilt die erste Frage der *Sprache,* die ihr zugrunde liegt. Denn die Grundregeln der Lösung hängen, besonders, was die einfacheren Chiffren angeht, von der Eigenart des betreffenden Idioms ab und variieren entsprechend. Im allgemeinen bleibt einem nichts anderes übrig, als (geleitet von der Wahrscheinlichkeit) sämtliche vertraute Sprachen durchzuprobieren, bis die richtige gefunden ist. Aber bei der vorliegenden Geheimschrift ist alle Schwierigkeit bereits durch die Unterschrift beseitigt. Das Wortspiel mit dem Namen ›Kidd‹ ist in keiner anderen Sprache als der englischen verständlich. Wäre diese Erwägung nicht gewesen, hätte ich meine Versuche mit Spanisch und Französisch begonnen, den Sprachen also, in denen eine Geheimschrift von einem Piraten der spanischen Gewässer wohl am ehesten geschrieben worden wäre. So, wie die Dinge lagen, nahm ich an, daß es sich bei der Geheimschrift um Englisch handeln müsse.

Sie sehen, daß zwischen den Wörtern kein Abstand gelassen ist. Hätte man einen gemacht, wäre die Aufgabe vergleichsweise einfach gewesen. In einem solchen Fall hätte ich mit einem Vergleich und einer Analyse der kürzesten Wörter begonnen und, wäre ein Wort mit nur einem Buchstaben vorgekommen, was höchst wahrscheinlich ist (*a* oder *I* zum Beispiel), die Lösung als gesichert betrachtet. Da es aber keine Abstände gab, war mein erster Schritt, die häufigsten sowie die seltensten Buchstaben zu ermitteln. Nachdem ich sie alle gezählt hatte, stellte ich folgende Tabelle auf:

Das Zeichen 8	kommt	33mal	vor
;	"	26mal	"
4	"	19mal	"
# und)	"	16mal	"
*	"	13mal	"
5	"	12mal	"
6	"	11mal	"
† und 1	"	8mal	"
0	"	6mal	"
9 und 2	"	5mal	"
: und 3	"	4mal	"
?	"	3mal	"
¶	"	2mal	"
] und –	"	1mal	"

Nun kommt im Englischen der Buchstabe *e* am häufigsten vor. Dann folgen der Reihe nach: *a o i d h n r s t u y c f g l m w b k p q x z*. Das *e* dominiert jedoch so auffallend, daß man kaum einen einzigen Satz von einiger Länge finden wird, in dem es nicht der vorherrschende Buchstabe ist.

Hier haben wir also, gleich zu Beginn, die Grundlage zu etwas mehr als einer bloßen Vermutung. Wie nützlich diese Tabelle im allgemeinen sein kann, ist offensichtlich – doch für unsere Geheimschrift werden wir nur teilweise auf sie zurückgreifen. Da unser häufigstes Zeichen die *8* ist, wollen wir mit der Annahme beginnen, sie sei das *e* des natürlichen Alphabets. Um diese Annahme zu überprüfen, lassen Sie uns sehen, ob die *8* oft paarweise auftritt, denn *e* wird im Englischen sehr häufig verdoppelt, wie zum Beispiel in Wörtern wie *meet*, *fleet*, *speed*, *seen*, *been*, *agree* usw. Im vorliegenden Fall sehen wir es nicht weniger als fünfmal verdoppelt, obwohl das Kryptogramm nur kurz ist.

Nehmen wir also an, *8* sei *e*. Nun kommt von allen *Wörtern* im Englischen der Artikel *the* am häufigsten vor; sehen wir also nach, ob nicht eine Folge von drei Zeichen in gleicher Anordnung mehrmals wiederkehrt, deren letztes die *8* ist. Wenn wir eine solche Zeichenfolge wiederholt feststellen, so dürfte sie höchstwahrscheinlich das Wort ›the‹ vorstellen. Bei der Durchsicht finden wir nicht weniger als sieben Mal die Folge *;48*. Demnach dürfen wir annehmen, daß *;* *t* bedeutet, *4* *h* und *8* *e* – dieses steht nun fest. So sind wir einen großen Schritt vorwärtsgekommen.

Aber nachdem wir nun ein einzelnes Wort ermittelt haben, sind wir imstande, noch etwas Wichtiges zu bestimmen, nämlich verschiedene Anfänge und Endungen anderer Wörter. Nehmen wir zum Beispiel die Stelle, wo die Kombination *;48* zum vorletzten Mal vorkommt, nicht weit vom Ende des Textes. Wir wissen, daß das unmittelbar folgende Semikolon den Anfang eines neuen Wortes darstellt, und von den sechs Zeichen, die diesem ›the‹ folgen, sind uns nicht weniger als fünf bekannt. Ersetzten wir also diese Zeichen durch die uns bekannten Buchstaben und lassen wir für den unbekannten einen Platz frei:

t eeth.

Hier können wir sofort das *th* als nicht zu diesem mit *t* beginnenden Wort gehörig fortlassen; denn wenn wir das ganze Alphabet nach einem Buchstaben durchgehen, der in die Lücke passen könnte, erkennen wir, daß sich kein Wort bilden läßt, in dem dieses *th* enthalten wäre. So beschränkt sich die Buchstabenfolge auf

t ee,

und wenn wir, falls nötig, das Alphabet wie zuvor durchgehen, kommen wir auf das Wort ›tree‹ als einzig mögliche Lesart. Wir gewinnen so einen weiteren Buchstaben: *r*, dargestellt durch *(*, sowie die beiden nebeneinanderstehenden Wörter *the tree*.

Ein Stückchen weiter finden wir wieder die Kombination *;48*, und diese verwenden wir zur Abgrenzung des unmittelbar Vorhergehenden. Wir haben dann die Folge:

the tree ;4(‡?34 the,

oder, wenn wir die bereits bekannten Buchstaben einsetzen:

the tree thr‡?3h the.

Lassen wir nun an Stelle der unbekannten Zeichen einen freien Raum oder setzen wir Pünktchen, so lesen wir:

the tree thr...h the,

und das Wort ›through‹ wird sofort deutlich. Doch diese Entdeckung gibt uns drei neue Buchstaben: *o*, *u* und *g*, vertreten durch #, ? und *3*.

Durchsuchen wir jetzt den Text nach Kombinationen bekannter Zeichen, so finden wir, nicht weit vom Anfang, diese Anordnung:

83 (88 oder egree,

was ganz klar der Schluß des Wortes *degree* ist und uns einen weiteren Buchstaben erschließt, das *d*, dargestellt durch †.

Vier Buchstaben hinter dem Wort *degree* finden wir die Kombination

;46(;88*.

Übersetzen wir die bekannten Zeichen und ersetzen die unbekannten, wie zuvor, durch Punkte, so lesen wir:

th . rtee . ,

eine Folge, die uns sofort das Wort *thirteen* nahelegt und uns zwei neue Buchstaben liefert: *i* und *n*, vertreten durch *6* und *.

Wenden wir uns nun dem Anfang der Geheimschrift zu, so finden wir die Kombination

53##†.

Übersetzen wir wie zuvor, so erhalten wir

. good,

was uns davon überzeugt, daß der erste Buchstabe ein *A* ist und die beiden ersten Wörter *A good* lauten.

Um Verwirrung zu vermeiden, ist es jetzt an der Zeit, unseren Schlüssel, soweit er entdeckt ist, in einer Tabelle darzustellen. Sie sieht so aus:

5	steht	für	a
†	"	"	d
8	"	"	e
3	"	"	g
4	"	"	h
6	"	"	i
*	"	"	n
‡	"	"	o
(	"	"	r
;	"	"	t
?	"	"	u

Wir haben also nicht weniger als elf der wichtigsten Buchstaben gefunden, und es ist wohl unnötig, auf die weiteren Einzelheiten der Lösung einzugehen. Ich habe genug gesagt, um Sie davon zu überzeugen, daß Geheimschriften dieser Art leicht zu lösen sind, und Ihnen einigen Einblick in die logische Methode ihrer Entschlüsselung zu geben. Doch seien Sie versichert, daß das vorliegende Kryptogramm zu den allereinfachsten gehört. Es bleibt mir nur noch, Ihnen die volle Übersetzung der Zeichen auf dem Pergament und damit des Rätsels Lösung zu geben. Hier ist sie:

›A good glass in the bishop's hostel in the devil's seat twenty-one degrees and thirteen minutes northeast and by north main branch seventh limb east side shoot from the left eye of the death's-head a bee-line from the tree through the shot fifty feet out.‹

(›Ein gutes Glas im Bishop's Hostel auf dem Teufelssitz einundzwanzig Grad und dreizehn Minuten Nordnordost Hauptast siebter Ast Ostseite schieße von dem linken Auge des Totenkopfs eine gerade Linie vom Baum durch den Schuß fünfzig Fuß weiter.‹)

»Aber«, sagte ich, »mit dem Rätsel scheint es mir noch genauso schlecht bestellt zu sein wie zuvor. Wie läßt sich diesem Kauderwelsch von ›Teufelssitz‹, ›Totenkopf‹ und ›Bishop's Hostel‹ ein Sinn abgewinnen?«

»Ich gebe zu«, erwiderte Legrand, »daß die Sache immer noch schlimm aussieht, wenn man nur einen flüchtigen Blick darauf wirft. Mein erstes Bestreben war, den Satz in seine natürlichen Teile zu zerlegen, so, wie sie der Schreiber im Sinn hatte.«

»Sie meinen, ihn zu interpunktieren?«

»So ungefähr.«

»Doch wie konnten Sie das fertigbringen?«

»Ich ging davon aus, daß es eine *Absicht* des Schreibers war, seine Worte ohne Unterbrechung fortlaufen zu lassen, um die Lösung zu erschweren.

Nun wird ein nicht allzu scharfsinniger Mensch, der diesen Zweck verfolgt, nahezu mit Sicherheit die Sache übertreiben. Kommt er im Verlauf der Abfassung seines Textes zu einem neuen Absatz, der naturgemäß eine Pause oder einen Punkt verlangen würde, so wird er bestrebt sein, seine Zeichen hier mehr als gewöhnlich zusammenzurücken. Wenn sie in unserem Fall das Manuskript daraufhin ansehen, so werden Sie leicht fünf solcher Stellen einer ungewöhnlichen Zusammendrängung finden. Diesem Fingerzeig folgte ich und gliederte den Satz so:

›Ein gutes Glas im Bishop's Hostel auf dem Teufelssitz – einundzwanzig Grad und dreizehn Minuten – Nordnordost – Hauptast siebter Ast Ostseite – schieße vom linken Auge des Totenkopfs – eine gerade Linie vom Baum durch den Schuß fünfzig Fuß weiter.«

»Selbst diese Gliederung«, sagte ich, »läßt mich noch immer im dunkeln.«

»Auch mich ließ sie einige Tage im dunkeln«, antwortete Legrand. »Unterdessen stellte ich in der Umgebung von Sullivan's Island eifrig Nachforschungen nach einem Gebäude an, das den Namen ›Bishops's Hotel‹ trug; denn die altertümliche Schreibweise ›hostel‹ gab ich natürlich auf. Als ich hierüber keine Auskunft erhielt, war ich schon im Begriff, den Umkreis meiner Suche auszudehnen und systematischer vorzugehen, als mir eines Morgens plötzlich einfiel, daß dieses ›Bishop's Hostel‹

in irgendeiner Beziehung zu einer alten Familie namens Bessop stehen könnte, die vor undenklichen Zeiten im Besitz eines Herrenhauses gewesen war, das etwa vier Meilen nördlich der Insel lag. So ging ich also zu der Pflanzung hinüber und setzte unter den älteren Negern am Ort meine Erkundigungen fort. Endlich erklärte eine der betagtesten Frauen, sie habe von einem Ort wie *Bessop's Castle* gehört und glaube, mich dorthin führen zu können; nur sei es weder ein Kastell, noch eine Herberge, sondern ein hoher Felsen.

Ich versprach ihr einen guten Lohn für ihre Mühe, und nach einigem Bedenken willigte sie ein, mich zu der Stelle zu begleiten. Wir fanden sie ohne große Schwierigkeit; ich entließ die alte Frau und begann, den Ort zu untersuchen. Das ›Kastell‹ bestand aus einer wilden Anhäufung von Klippen und Felsen, von denen einer sowohl durch seine Höhe als auch durch seine vereinzelte und unnatürliche Gestalt besonders auffiel. Ich kletterte auf seinen Gipfel und war ziemlich ratlos, was nun weiter zu tun sei.

Während ich noch darüber nachdachte, fiel mein Blick auf einen schmalen Vorsprung an der Ostwand des Felsens, vielleicht ein Yard unterhalb des Gipfels, auf dem ich stand. Dieser Vorsprung ragte etwa achtzehn Zoll weit vor und war nicht mehr als einen Fuß breit; eine Nische im Felsen darüber gab ihm eine große Ähnlichkeit mit einem jener Lehnstühle, wie sie unsere Vorfahren benutzten. Es gab für mich keinen Zweifel, daß das der ›Teufelssitz‹ war, von dem das Manuskript sprach, und mir schien, als begriffe ich nun das ganze Geheimnis dieses Rätsels.

Das ›gute Glas‹ konnte sich, das wußte ich, nur auf ein Fernrohr beziehen; denn das Wort ›Glas‹ wird von Seeleuten nur selten in einem anderen Sinne gebraucht. Hier nun, das sah ich sofort, sollte ein Fernrohr verwendet werden, und zwar von einem bestimmten Standpunkt aus, von dem *nicht abgewichen werden durfte.* Ebenso nahm ich ohne weiteres an, daß die Ausdrücke ›einundzwanzig Grad und dreizehn Minuten‹ sowie ›Nordnordost‹ als Hinweise zum Einstellen des Glases gemeint seien. Hocherregt über diese Entdeckungen eilte ich nach Hause, holte ein Fernrohr und kehrte zu dem Felsen zurück.

Ich ließ mich auf dem Vorsprung nieder und stellte fest, daß man auf ihm nur in einer bestimmten Stellung sitzen konnte. Dieser Umstand bekräftigte meine schon vorher gefaßte Meinung. Nun machte ich mich daran, das Glas zu gebrauchen. Natürlich konnten die ›einundzwanzig Grad und dreizehn Minuten‹ nichts anderes bedeuten als die Höhe über dem sichtbaren Horizont, da die horizontale Richtung durch das Wort ›Nordnordost‹ klar bezeichnet war. Diese stellte ich dann auch sofort mittels eines Taschenkompasses fest; dann richtete ich das Glas, so genau das durch Abschätzen möglich war, in einem Winkel von einundzwanzig Grad nach oben und bewegte es behutsam auf und ab, bis meine Aufmerksamkeit durch eine kreisrunde Lücke oder Öffnung in dem Blattwerk eines großen Baumes gefesselt wurde, der in der Ferne alles andere überragte. Im Mittelpunkt dieser Öffnung erblickte ich einen weißen Fleck, konnte aber zunächst nicht erkennen, was es war. Ich stellte das Glas schärfer ein, schaute erneut hindurch, und nun erkannte ich in ihm einen menschlichen Schädel.

Diese Entdeckung gab mir die Zuversicht, das Rätsel als gelöst betrachten zu dürfen, denn die Formulierung ›Hauptast, siebter Ast, Ostseite‹ konnte sich nur auf die Lage des Schädels auf dem Baum beziehen und auch ›schieße vom linken Auge des Totenkopfs‹ ließ nur eine Deutung zu, nämlich, nach dem vergrabenen Schatz suchen zu sollen. Ihren Sinn verstand ich so, daß man durch das linke Auge des Schädels eine Kugel fallen lassen solle, und daß eine gerade Linie, gezogen vom nächsten Punkt des Stamms durch den ›Schuß‹ (oder die Stelle, wo die Kugel herunterfiel) und von da an fünfzig Fuß verlängert, einen bestimmten Punkt ergeben würde – und daß unter diesem Punkt, so hielt ich es zumindest für *möglich*, ein Schatz verborgen lag.«

»Das alles ist überaus klar«, sagte ich, »und obgleich sinnreich, doch einfach und deutlich. Als Sie ›Bishop's Hostel‹ verließen, was taten Sie dann?«

»Nun, nachdem ich mir die Lage des Baums

genau eingeprägt hatte, wandte ich mich nach Hause. In dem Augenblick aber, als ich den ›Teufelssitz‹ verließ, verschwand die runde Öffnung; und wie sehr ich mich auch drehte und wendete, es war später keine Spur mehr von ihr zu sehen. Als das Merkwürdigste an der ganzen Sache erscheint mir die Tatsache (denn wiederholte Versuche haben mich davon überzeugt, es *ist* eine Tatsache), daß die besagte runde Öffnung von keinem anderen Standpunkt aus sichtbar ist als von jenem schmalen Vorsprung an der Felswand.

Bei dieser Expedition zu ›Bishop's Hostel‹ wurde ich von Jupiter begleitet, der zweifellos meine Zerstreutheit während der letzten Wochen bemerkt hatte und sehr darauf achtete, mich nicht allein zu lassen. Doch am nächsten Tag stand ich sehr früh auf, konnte ihm entwischen und ging in die Berge, um den Baum zu suchen. Nach langer Mühe fand ich ihn. Als ich in der Nacht nach Hause kam, wollte mir mein Diener eine Tracht Prügel verabreichen. Mit dem Rest des Abenteuers dürften Sie so gut vertraut sein wie ich selbst.«

»Ich nehme an«, sagte ich, »daß Sie die Stelle bei dem ersten Grabungsversuch verfehlten, weil Jupiter in seiner Dummheit den Käfer durch das rechte statt durch das linke Auge des Schädels fallen ließ.«

»Allerdings. Dieser Fehler machte beim ›Schuß‹ einen Unterschied von etwa zweieinhalb Zoll aus – das heißt für die Lage des Pflocks beim Baum;

und hätte der Schatz *unter* dem ›Schuß‹ gelegen, wäre der Irrtum ohne Bedeutung gewesen; doch waren der ›Schuß‹ und der nächste Punkt beim Baum ja nur zwei Punkte für die Festlegung einer Richtungslinie; und so geringfügig der Fehler am Anfang auch war, so vergrößerte er sich doch, je weiter wir die Linie verlängerten und als wir bei fünfzig Fuß angekommen waren, hatten wir die Spur ganz und gar verloren. Wäre ich nicht der festen Überzeugung gewesen, daß hier irgendwo tatsächlich ein Schatz vergraben sein mußte, so hätten wir uns umsonst geschunden.«

»Ich vermute, dieser Einfall mit dem *Schädel*, nämlich eine Kugel durch das Auge fallen zu lassen, kam Kidd durch das Zeichen der Piratenflagge. Zweifellos lag für ihn so etwas wie eine bildhafte Folgerichtigkeit darin, sein Geld durch dieses Standeszeichen wiederzufinden.«

»Möglicherweise; und doch kann ich nicht umhin zu denken, daß der gesunde Menschenverstand einen mindestens ebenso großen Anteil an der Sache hat wie die poetische Verklärung. Damit eine so kleine Markierung vom ›Teufelssitz‹ aus sichtbar war, mußte sie weiß sein; und nichts behält, ja steigert noch seine Weiße unter den Wechselfällen der Witterung so sehr, wie ein menschlicher Schädel.«

»Aber Ihre schwülstigen Reden, und Ihr Gebaren, als Sie den Käfer hin und her schwenkten – das war schon absonderlich! Ich war sicher, Sie seien verrückt. Und warum wollten Sie, statt einer Kugel, unbedingt den Käfer durch den Schädel fallen lassen?«

»Nun, um aufrichtig zu sein: Ihr offensichtlicher Verdacht hinsichtlich meiner Zurechnungsfähigkeit ärgerte mich, und so beschloß ich, Sie ganz ruhig und auf meine Art mit einer harmlosen kleinen Gaukelei zu bestrafen. Aus diesem Grund schwenkte ich den Käfer hin und her, und aus demselben Grund ließ ich ihn vom Baume fallen. Ihre Bemerkung über sein großes Gewicht brachte mich auf diesen Gedanken.«

»Ja, ich verstehe; und nun gibt es nur noch einen Punkt, der mir rätselhaft ist: Was soll man von den Gerippen halten, die wir in der Grube fanden?«

»Das ist eine Frage, die ich ebensowenig beantworten kann wie Sie. Es scheint dafür jedoch nur eine plausible Erklärung zu geben – allerdings schreckt man zurück, an eine solche Scheußlichkeit zu glauben, wie sie meine Vermutung nahelegt. Es ist klar, daß Kidd – wenn es wirklich Kidd war, der diesen Schatz versteckt hat, woran ich nicht zweifle – es ist klar, daß er bei der Arbeit Gehilfen gehabt haben muß. Aber als die gröbste Arbeit getan war, mag er es für ratsam gehalten haben, sich aller Mitwisser seines Geheimnisses zu entledigen. Vielleicht genügten zwei Schläge mit einer Hacke, während seine Helfer in der Grube arbeiteten; vielleicht waren auch ein Dutzend nötig – wer will das sagen?«

Kleine Erzähler-Bibliothek

Bisher erschienen:

Theodor Storm: Aquis submersus

Adalbert Stifter: Abdias

Herman Melville: Benito Cereno

Jack London: Der Ruf der Wildnis

Alexander Puschkin: Der Schneesturm

Wilhelm Hauff: Die Karawane

Iwan S. Turgenjew: Erste Liebe

Theodor Fontane: Grete Minde

Guy de Maupassant: Pariser Abenteuer

Joseph Conrad: Herz der Finsternis

Mark Twain: Der gestohlene weiße Elefant

Nikolai Leskow: Am Ende der Welt

Franziska zu Reventlow: Amouresken

O. Henry: Unschuldsengel vom Broadway

Johann P. Hebel: Der vorsichtige Träumer

E. A. Poe: Die Maske des Roten Todes